마음을 움직이는
인성 이야기 111가지

마음을 움직이는 인성 이야기 111가지

박민호 엮음

평단

세상을 살아가는 지식이 아닌 지혜를

인성(人性)이란 무엇인가?

'인성'은 "사람의 성품, 각 개인이 가지는 사고와 태도 및 행동 특성"이라고 사전에 풀이되어 있다. 이 인성은 다른 사람과의 관계에서 이루어진다. 공자는 《논어》에 "덕불고 필유린(德不孤 必有隣)"이라고 했다. 덕은 외롭지 않고 반드시 이웃이 있다는 뜻으로, 덕이 있는 사람이 외롭지 않은 것은 반드시 따르는 친구와 이웃이 있기 때문이라는 말이다. 이 말은 어질고 너그러운 성질인 '덕성(德性)'이 '인성'이라는 것이다. 사람은 서로 관계를 맺고 살아가는 '사회적 동물'이기에, 이 사회성이 바로 인성을 바탕으로 한 관계를 강조한 것이 아닐까 생각한다. 아리스토텔레스도 '인성'이란 "자신뿐만 아니라 다른 사람과의 관계에서 옳고 바르게 행동하며 살아가는 것"이라고 했다. 이처럼 인성은 교육과 훈련으로 형성된 좋은 성격이다.

인성 교육은 어린이들에게 가장 기본이 되는 교육이다. 올바른 인성 교육은 어린이나 청소년들에게 사회의 첫발이라고 할 수 있는 학교생활을 잘할 수 있게 인도한다. 이에 학교에서도 인성 교육을 강화하고 있다. 그러나 인성 교육이 잘된 사람은 학교나 가정에서 주입식 교육을 잘 받은 사람이 아니다. 인성 교육이 잘된 사람은 스스로 찾아 노력하고 실천하면서 좋은 습관이 몸에 배어 '됨됨이'가 좋고, 부모님을 잘 섬기며, 형제·친구·이웃과 잘 지내는 사람이다.

그렇다면 어떤 것이 내 제자나 자녀에게 알맞은 인성 교육인가? 《마음을 움직이는 인성 이야기 111가지》는 이런 어른들의 고민을 풀어 준다. 우리가 세상을 옳고 바르게 행동하며 살아가려면 여러 가지 덕목을 고루 갖추어야 한다. 이 책에는 우리가 꼭 본받아야 할 예의, 효도, 리더십, 배려, 겸손, 용기, 정직, 책임, 믿음, 지혜, 감사 등 열한 가지 인성 덕목과 이에 대한 이야기들이 담겨 있다.

이 인성 덕목들에 맞고, 세상을 살아가는 데 모범이 되는 이야기들은 《성경》, 《불경》, 《논어》, 《탈무드》, 《맹자》, 《채근담》, 《명심보감》 등 동·서양 고전과 고사성어, 각종 우화, 예화, 창작물 등에서 가려 뽑았다. 이 이야기들에는 우리가 세상을 살아가는 지혜가 녹아 있다. 이 책을 읽다 보면 여러분도 그 실천적 지혜를 울림으로 이어받을 수 있다.

어른들은 이 덕목과 이야기들을 통해 인성을 쉽게 이해하고, 어린이나 청소년들에게 쉽게 설명해 줄 수 있다. 학교에서 겪는 선생님이나 친구들과의 관계에 대해서, 또 집에서 느끼는 부모님·형제·친구·이웃들과의 올바른 관계와 생활 습관에 대해서, 사회 곳곳에서 마주치는 예기치 못한 상황들에 대해서도 인간성이 듬뿍 담겨 있어 사회성이 높고도 깊은 뜻을 쉽게 설명하고 전해 줄 수 있다. 말이 아닌 실천으로.

가족이 한자리에 모여 음식을 나누고 대화하면서 자연스럽게 이루어지는 밥상머리 교육이 바로 인성 교육이기에 무엇보다 조기 교육이 중요하다.

이 책을 읽은 어른들이 그 느낌을 인성에 대한 내용들로 앞장서 모범을 보이고 실천해서, 의롭고도 올바른 사회생활을 어린이나 청소년들에 보여 준다면, 이보다 더 좋은 밥상머리 인성 교육은 없을 것이다. 세상을 살아가는 지식이 아닌 지혜를 전달하고 계승하기 위해서.

2016년 단오날

미나리골에서 박민호

차례

05

겸손 편

예의 편

사람이 마땅히
지켜야 할 도리

사전에 '예의(禮儀)'는 "존경의 뜻을 표하기 위하여 예로써 나타내는 말투나 몸가짐"이라고 풀이되어 있다. 즉 예의는 다른 사람을 먼저 생각하는 마음과 존중하는 마음을 말과 행동으로 나타내는 것이다. 우리 각자가 그렇게 실행하면 공동체 생활이 더욱 조화롭게 이루어진다. 그래서 우리는 각자 공동체 일원으로서 사회생활을 하기 때문에 예의를 생각만이 아니라 꼭 몸으로 실천해서 익혀야 한다.

어느 날 제자 안연(顏淵)이,
"스승님, '인(仁)'이란 무엇입니까?"
하고 묻자 공자(孔子)가 대답했다.
"극기복례(克己復禮)가 인일세."
'극기복례'란 자기 욕심을 누르고 예(禮)를 따른다는 뜻이다.

"그렇다면 인은 어떻게 실천해야 합니까?"

"예가 아니면 보지 말고, 예가 아니면 듣지 말며, 예가 아니면 말하지 말고, 예가 아니면 행동하지 말게."

안연은 공자에게 깊이 고개를 숙이고 말했다.

"스승님, 제가 어리석고 둔해서 재빠르지 못하지만 주신 말씀을 따라 실천하겠습니다."

《논어(論語)》〈안연 편(顔淵篇)〉에 실려 있는 공자의 가르침이다.

공자는 사회 여러 계층을 한데 모아서 통일시키는 원리가 인이고, 그것을 의식과 행동으로 구체화한 것이 예라고 보았다. 그리고 각자가 자기 욕심을 다스려 누르고 예를 따르는 것이 인을 실천하는 것이라고 보았다.

넓은 의미로 보면 '예'란 모든 것을 다스려 질서 있게 하는 것이고, 모든 것을 이치에 맞게 하는 것이다.

"사람이 마땅히 지켜야 할 도리"인 '예(禮)'는, 보일 시(示 : 보이다)와 신에게 바치기 위해 그릇에 제사 음식을 가득 담은 모양의 뜻을 가진 풍년 풍(豊 : 풍성하다)이 합해져서 이루어진 글자이다. 제사를 풍성하게 차려 놓고 예의를 다했다 해서 "예도"를 뜻한다. 또한 "옷을 입어 다른 사람에게 풍성하게 보이고 안정감을 준다"는 뜻도 있다. 그래서 '예'를 "내 말과 행동으로 다른 사람에게 진실로 잘 보이는 것"이라고 했다. 그러나 남에게 잘 보이고, 환심을 사려고 겉치레로만 예를 지켜서는 안 된다. 늘 단 한마디만 말하고 한

번만 행동한다 해도 예를 어기지 않게 자신을 성찰하고 적극 실천
해야 진정한 예이다.

　사람은 공동체 생활을 하면서 언제 어디서 누구에게나 예의가 있어
야 한다. 예의 바른 사람은 모든 공동체 구성원을 행복하게 한다. 다른
사람을 먼저 생각하고 존경하는 마음으로 흐뭇하게 하는 말과 행동이
예의의 시작이기 때문이다. 이런 예의 바른 사람이 많으면 좋은 가족, 좋
은 사회, 좋은 나라, 좋은 세계는 자연스럽게 만들어진다.

　공자(孔子, B.C. 551~B.C. 479)는 중국 춘추시대(春秋時代)의 사상가·
학자이다. 이름은 구(丘), 자는 중니(仲尼)이다. 노(魯)나라 사람으로,
여러 나라를 두루 돌아다니면서 덕치 정치를 강조했다. 제자들이 엮은
《논어》에 그의 언행과 사상이 잘 나타나 있다.

　《논어(論語)》는 유교 경전인 사서(四書)의 하나이다. 공자와 그 제자
들의 언행을 적은 것으로, 공자 사상의 중심이 되는 효제(孝悌)와 충서
(忠恕) 및 '인(仁)'의 도(道)에 대해 설명하고 있다.

잔에서 넘쳐흐른
찻물

어려서부터 천재라는 소리를 들으며 좋은 집안에서 자란 젊은 선비가, 총총 빛나는 총기로 열아홉 어린 나이에 장원으로 급제했다. 그가 스무 살에 처음으로 나간 관직은 경기도 파주 군수였다. 그래서 그는 자만심으로 가득 차 있어 기고만장(氣高萬丈)하고 안하무인(眼下無人)이었다.

그가 군수로 부임한지 얼마 안 되었을 때였다. 파주 근처 산골 암자에 학문과 덕망이 높다는 무명 선사(無名禪師)에 대한 소문을 들었다.

'흥, 나이가 많다지만 스님이 알면 얼마나 알겠는가. 내 가서 코를 납작하게 만들어 줄 것이야.'

그 다음 날 산골 암자로 무명 선사를 찾아간 그가 물었다.

"스님, 군수인 내가 어떻게 해야 이 고을을 잘 다스릴 수 있겠소?"

도도하고 오만한 젊은 군수의 속마음을 읽은 무명 선사가 타이르듯 조용히 대답했다.

"나쁜 일은 하지 말고 좋은 일만 하면, 백성들이 편안하게 잘살 수 있습니다."

"스님, 그건 삼척동자도 다 아는 이치 아니오. 험한 길을 마다하지 않고 온 내게 해 줄 말이 고작 그것뿐이란 말이오."

그가 불쾌한 표정으로 버럭 화를 내며 벌떡 일어섰다. 그러나 선사는 빙그레 웃고 나서 차분하게 말했다.

"그렇지요. 삼척동자도 다 아는 이치입니다. 하지만 그것을 실천하기에는 팔십 된 노인도 어렵습니다. 자자, 험한 길을 오셨으니 화를 거두시고 차 한잔하고 가시지요."

선사가 붙잡자 그는 못이기는 척 자리에 앉았다.

선사는 정성스레 달인 차를 그의 찻잔에 따르면서 먼 산을 보며 한눈을 파는 척했다. 잔에서 찻물이 넘쳐흘러 방바닥을 적시고, 방석과 책도 적셨다.

그것을 보고 당황한 그가 소리쳤다.

"스 스님, 그만 따르시오. 잔에서 넘쳐흐른 찻물에 방바닥이 젖어 엉망진창이 되었소!"

스님은 태연하게 계속 찻물을 따르며 말했다.

"작은 잔에서 넘쳐흐른 찻물이 방바닥을 적시고, 방석과 책도 적시는 것은 보면서, 작은 머리에서 넘쳐흐른 지식이 인품을 망치는 것은 어찌 못 본단 말입니까?"

"……."

이 말에 크게 깨우친 그는 부끄러워 어쩔 줄 몰라 하다 방문을 열고 부리나케 나가려다가,

"쾅!"

자기 키보다 낮은 문틀에 머리를 부딪쳐 눈에서 번쩍 불까지 일었다. 그러나 그는 아프다는 말도 못하고 쩔쩔맸다. 이 모습을 본 무명 선사가 미소를 짓고 젊은 군수에게 말했다.

"고개를 숙일 줄 알면 부딪치지 않습니다."

"……."

이 말에 젊은 군수는 넙죽 엎드려 무명 선사에게 큰절을 올리고 돌아갔다.

이 젊은 군수가 바로 맹사성(孟思誠, 1360~1438)이다. 그는 이후 호를 "옛 부처"라는 뜻인 '고불(古佛)'이라 고쳤다. 그런 다음 자만심을 떨쳐 버리고 겸손하며 예의 바른 사람으로 거듭나, 자기 수양을 게을리하지 않았다. 그러면서 자기 지식을 함부로 자랑하지 않았고, 자기 집 하인들도 가족처럼 위했다. 그리하여 마침내 조선(朝鮮) 제4대 임금인 세종(世宗, 1397~1450) 때에 우의정·좌의정을 지낸 명재상(名宰相)으로 그 이름을

떨쳤다.

맹사성은 계속 자기 수양을 게을리하지 않아 성품도 청백·검소해졌다. 그는 나이가 들어서, 벼슬이 낮은 손님이 찾아와도 관대(冠帶)를 갖추고 대문 밖에까지 나가 예의를 갖추어 맞아들여 윗자리에 앉혔다고 한다. 돌아갈 때에도 몸을 숙이고 손을 모아 공손하게 배웅하고 손님이 말에 올라앉은 뒤에야 들어왔다 한다.

잠시
머물 뿐이니

어느 날 증자(曾子)가 병이 들어 자리에 누웠다. 병세가 점점 더 중해지자 맹경자(孟敬子)가 문병을 왔다.

증자가 기다렸다는 듯이 맹경자에게 말했다.

"새는 죽을 때 그 울음소리가 애처롭고, 사람은 죽을 때 그 하는 말이 선하고 정직하다 했습니다. 군자(君子)가 소중히 여기고 행해야 할 세 가지 예가 있습니다. 용모를 단정히 하고 예에 맞게 해서 폭력과 교만을 멀리해야 하고, 표정을 꾸밈없이 바르게 하고 예에 맞게 해서 신의를 가까이 해야 하며, 말을 부드럽게 하고 예에 맞게 해서 억지나 천함을 멀리해야 합니다. 그리고 제기(祭器) 같은 것은 잘 다루는 사람에게 맡기십시오."

《논어》〈태백 편(泰伯篇)〉에 실려 있는 가르침이다.

증자가 맹경자에게 군자의 예(도)를 가르치고 있다. 내가 죽기 전에 하는 말이니 잘 듣고 명심하라면서.

군자의 예를 지키고 살면서 폭력을 쓰지 말고 교만하지 말아야 한다고. 군자의 예를 지키고 살면서 사람들에게 신의를 얻어야 한다고. 군자의 예를 지키고 살면서 실언하지 말고 선하며 겸손해야 한다고. 그리고 예법에 관한 절차같이 사소한 일은 담당자가 전문가이니 맡기고 마음 쓰지 말라고.

당시에는 계씨, 맹씨, 숙씨 세 가문의 대부 셋이 세도를 부리며 노나라를 쥐고 흔들었다. 맹경자는 그 세 대부 중 한 사람이었다. 그는 맹무백의 아들로, 이름은 첩(捷)인데, 당시 맹씨 집안의 우두머리였다. 그는 자기가 모시던 노나라 임금 도공(悼公)이 죽었는데 부적절하게 처신했다. 그때 관습은 임금이 죽으면 상례(喪禮)중에 신하들은 밥을 먹지 않고 죽을 먹는 것이 예이고 상식이었다. 그런데 맹경자는 자기 권세만 믿고 교만하고 무례했다.

"이 나라에서 내가 임금보다 힘이 더 세다는 건 다 알고 있다. 그런데 임금이 세상을 떠났다고 내가 죽을 먹으면, 늘 임금을 깔아뭉개다가 세상을 떠나니까 괜한 예절을 지키며 잘난 척한다면서 남들이 비웃을 게 뻔하다. 그러니 나는 죽을 안 먹겠다. 평소 하던 대로 밥을 먹고 맛있는 요리도 먹겠다. 나는 죽을 먹으면 기운이 빠지거든."

세도만 부리면서 군자가 마땅히 지키고 행해야 할 도리를 멀리하는 대부 맹경자에게 증자가 군자의 예를 가르친 것이다. 그래야 사람들이 믿고 따른다고. 그래야 사람들의 존경을 받는다고.

노나라 최고 실세인 대부 맹경자에게 증자가 용감하게 직언을 한 것이다. 목숨을 걸고.

권력은 늘 흐른다. 다만 잠시 머물 뿐이다. 권력을 쥐고 부리는 세도 또한 잠시뿐이니 그 어떤 권력자도 마땅히 예를 지키며 살아야 한다.

증자(曾子, B.C. 506~B.C. 436?)는 중국 전국시대(戰國時代) 유가(儒家) 사상가이다. 이름은 삼(參), 자는 자여(子輿), 증자는 존칭이다. 증자는 공자보다 마흔여섯 살이나 아래였고, 늦게 공자의 제자가 되었다. 그러나 학문과 덕행이 뛰어났다. 그래서 공자의 학문과 덕행과 사상을 조술(祖述)해 공자의 손자인 자사(子思)에게 전했다.

다 좋아할
사람

사람을 올바로 하는 법 가운데 예보다 필요한 것은 없다.

《예기(禮記)》에 실려 있는 공자의 가르침이다.

예의를 강조한 것이다. 공자는 사회 관습상 예의를 지켜야 하지
만 이 때문에 사람이 번거로워지면 안 된다며, "이 의례나 의식은
지나침이 없도록 간소하게 하라"고 또한 강조한다. 이런 현명함은
오늘에까지 전하고 있다.

예에 대한 공자의 가르침을 잘 지켜온 우리나라는 예로부터 '동
방예의지국(東方禮儀之國)'이라 불리고 있다.

동양에 '예(禮)', '예의(禮儀)'가 있다면 서양에는 '에티켓(etiquette)',
'매너(manner)'가 있다.

사전에서는 '예의'를 "존경의 뜻을 표하기 위해 예로써 나타내는 말투나 몸가짐"이라 했다. 그리고 '에티켓'은 "사교상의 마음가짐이나 몸가짐. 예의, 예절, 품위"라 했으며, '매너'는 "행동하는 방식이나 자세. 몸가짐, 버릇, 태도. 또는 일상생활에서의 예의와 절차"라고 했다.

'에티켓(etiquette)'은 프랑스어 '에띠께뜨(étiquette)'에서 유래한다. 사전에서는 '에띠께뜨'를 "명찰, 가격표, 짐표, 라벨, 예의범절, 에티켓"이라 했다. 17세기 프랑스에서는, 왕 루이 14세가 사는 베르사유(Versailles) 궁전에 출입이 허락된 귀족들에게 출입증[티켓(Ticket)]을 주었다. 당시 귀족들은 이 궁전 출입증으로 자본가 계급과 차별된 '귀족 신분'을 드러내고 싶어 했다고 한다. 이 출입증 뒷면에는 귀족으로서 궁내에서 지켜야 할 유의 사항, 질서나 규칙 등이 적혀 있었고, 이것을 '에티켓'이라 불렀다고 한다. 이렇게 해서 그 당시에는 "에티켓에 적힌 대로 행동했다"고 말했던 것을, 오늘날에는 "예의에 맞게 행동했다"고 말하게 되었다고 한다.

'매너(manner)'는 라틴어 '마누아리우스(manuarius)'에서 유래되었다. 이는 'manus'와 'arius'의 복합어이다. 'manus'는 "손[手]"을 뜻하고, 'arius'는 "방법, 방식"을 뜻한다. 그러니까 '매너'는 "손으로 하는 방법이나 방식으로, 매우 구체적인 행위 방법이나 방식"이다.

이렇게 보면 에티켓은 행동하는 형식이고, 매너는 행동으로 나타내는 방법이라고 할 수 있다. 즉 에티켓은 형식이고 매너는 방법이다.

에티켓은 '있다, 없다'로 예의가 있고 없음을 말한다. 매너는 '좋다, 나쁘다'로 예의를 질적으로 평가한다. 그러니까 지하철에서 노인이나 임산부에게 자리를 양보해야 한다는 규칙은 에티켓이고, 자리를 양보하는 행위는 매너이다.

좋은 매너로 에티켓에 맞게 행동하고 예의를 바르게 해서 품위 있는 사람, 이런 사람은 동양에서나 서양에서나 다 좋아할 사람이다.

《예기(禮記)》는 유학 오경(五經)의 하나이다. 한나라 무제 때에 하간(河間)의 헌왕이 공자와 그 후학들이 지은 131편의 책을 모아 정리한 뒤에, 선제 때 유향(劉向)이 214편으로 엮었다. 그런 뒤에 대덕(戴德)이 85편으로 엮은 《대대례(大戴禮)》와 대성(戴聖)이 49편으로 줄인 《소대례(小戴禮)》가 있다. 의례의 해설 및 음악·정치·학문에 걸쳐 예의 근본정신에 대해 서술했다.

에티켓을 어긴
여왕

영국 여왕 엘리자베스가 중국 고위 관리를 만찬에 초대했다.

맛있는 만찬을 먹던 중 핑거볼(finger bowl)이 나왔다. 초대된 중국 고위 관리는 핑거볼에 담긴 물을 시원하게 마셨다.

이 모습을 본 영국 고위 관리들은 눈을 흘기며,

'저 사람 정말 몰상식하군!'

하고 속으로 손가락질했다.

그러나 여왕은 태연하게 핑거볼에 담긴 물을 마셨다. 중국 고위 관리처럼.

핑거볼은 서양 요리에서, 음식을 다 먹은 뒤에 입과 손가락을 씻게 물을 담아 내놓는 작은 그릇이다. 보통 은이나 놋쇠로 만든다.

영국 여왕 엘리자베스가 만찬에 초대한 중국 고위 관리는 서양 테이블 매너를 모르는 사람이었다. 그래서 핑거볼에 담긴 물이 차인 줄 알고 마신 것이다.

손님인 중국 고위 관리가 핑거볼에 담긴 물을 맛있게 마시는데, 주인인 여왕이 그 물에 입과 손가락을 씻는다면 그는 얼마나 민망할까?

그래서 여왕은 그가 당황하지 않게 그 물을 마셨던 것이다. 중국 고위 관리처럼.

중국 고위 관리가 핑거볼에 담긴 물을 마신 것은 서양 테이블 매너를 모르고 에티켓을 어긴 것이다. 그러나 여왕은 잘 알고도 에티켓을 어겼다.

여왕은 비록 자기가 에티켓은 어겼지만 초대한 중국 고위 관리가 당황하지 않게 훌륭한 매너를 보여 준 것이다.

상대방을 배려해서 에티켓보다 매너 즉 예의 바른 행동이 더 중요하다는 것을 영국 여왕 엘리자베스가 직접 보여 준 것이다.

엘리자베스 2세(Elizabeth II, 1926~)는 본명이 엘리자베스 알렉산드라 메리(Elizabeth Alexandra Mary)이다. 영국 윈저 왕가(House of

Windsor)의 네 번째 왕으로, 조지 6세의 맏딸이다. 1947년 에든버러 공(公)과 결혼하고, 부왕(父王)의 사후에, 빅토리아 여왕을 계승하는 여왕으로 즉위했다. '군림하되 통치하지 않는다'는 전통을 지키고, 실질적으로 정치에 관여하지 않으나 국제 친선에 이바지하고 있다. 찰스·앤드루·에드 워드 세 왕자와 앤 왕녀의 어머니이다.

006

자네가
나보다

1586년 주트펜 전쟁터. 에스파냐 군(軍)과 치열하고도 참혹한 전투로 수많은 전사자와 부상자들이 전쟁터를 뒤덮었다. 피와 먼지로 뒤덮인 전쟁터 위에서는 뜨거운 태양이 이글거리고 있었다.

이 부상자 중에 한 귀족이었다. 그는 친절하고 어질어서 모든 사람들이 좋아했다. 그러나 지금 이 전쟁터에서, 그는 허벅지에 총상을 입고 통증과 갈증으로 고통을 받는 부상자였다.

전투가 끝나자 한 아군 병사가 컵을 들고 달려와 말했다.

"시드니 경, 이거 마시세요. 맑고 시원한 물입니다. 경에게 드리려고 개울에서 막 떠온 거예요. 경이 물을 편히 마실 수 있게 머리를 들겠습니다."

시드니 경은 한없이 고마운 표정으로 물을 떠온 병사를 보았다.

"자, 마시세요."

"고맙네."

병사가 컵을 시드니 경 입술에 대었을 때였다. 신음소리가 들렸다. 시드니 경이 그쪽으로 눈길을 돌렸다. 바로 옆에 쓰러져 다 죽어가는 한 병사와 눈이 마주쳤다. 그의 눈에 비친 가엾은 병사의 통증과 갈증은 말로 표현할 수가 없었다.

시드니 경이 물을 떠온 병사에게 말했다.

"이 물을 저 병사에게 주게."

그런 다음 옆에 쓰러져 있는 병사에게 재빨리 말했다.

"전우여, 이 물을 마시게. 자네가 나보다 더 목마를 테니까!"

아, 이 얼마나 용감하고 귀한 사람인가. 그러나 그는 얼마 뒤에 세상을 떠나고 말았다.

필립 시드니 경(Sir Philip Sidney). 그는 진정한 신사였다. 그의 죽음이 전해지자 부유한 사람이나 가난한 사람, 귀한 사람이나 천한 사람 모두가 귀한 친구를 잃었다면서 눈물을 흘렸다고 한다. 그가 무덤에 묻히던 날, 모두가 지금까지 본 사람 중에서 가장 친절하고 온화했던 그의 죽음을 슬퍼했다고 한다. 그의 애국심, 신사도, 기사도, 그리고 리더의 자세는 200여 편의 애가(哀歌)로 만들어져 불리고 있다.

부하를 사랑하고, 자기 조국을 위해 전선으로 달려가는 영국 청년 애국심의 표상으로 후세에 전해지고 있다. 피를 흘리며 고통을 받으면서도 부하 병사가 떠다 준 물을 자기가 마시지 않고, 부상이 더 심한 옆 병사에게 전해 준 시드니 경. 그는 오늘날에도 진정한 리더의 모습을 우리에게 보여 주고 있다. 해가 지지 않는 나라, 영국의 밑거름이 된 필립 시드니 경은 '이 세상에서 가장 훌륭한 기사'로 칭송받고 있다.

  이처럼 에티켓과 매너는 자기 처지를 바꾸어 상대방 처지에서, 나보다 먼저 상대방을 생각하며 이해는 따뜻하고 친절한 마음에서 시작된다.

  필립 시드니 경(Sir Philip Sidney, 1554~1586)은 영국 시인이자 정치인이며 군인이다. 켄트펜스허스트에서 태어났다. 아버지는 아일랜드 총독을 지낸 헨리 시드니 경이고, 외삼촌은 엘리자베스 여왕의 총애를 받던 리스터 백작이다. 옥스퍼드 대학을 나와 독일·프랑스·이탈리아 등 대륙 각 나라를 외유(外遊)하고, 귀국한 뒤에 시인·정치가·군인으로 활약, 문무(文武)를 겸비한 귀족으로서 국민에게 존경을 받았다. 1586년 세상을 떠나자 스펜서를 비롯한 많은 시인들은 물론 온 국민도 그의 죽음을 슬퍼했다. 그는 생전에 문인들의 후원자 역할만 했다. 그러나 세상을 떠난 뒤에 유고가 발표되면서 시인·평론가로서 존경을 받았다.

007

누가 원수를 위해
상복을 입겠는가

맹자(孟子)가 제(齊)나라 선왕(宣王)에게 말했다.

"임금이 신하를 자기 손과 발처럼 소중하게 여기면, 신하는 임금을 자기 심장과 배처럼 소중하게 여길 것이옵니다. 또 임금이 신하를 말이나 개처럼 하찮게 여기면, 신하는 임금을 길에 지나가는 행인처럼 아무 상관없는 사람으로 여길 것이옵니다. 또한 임금이 신하를 땅에 흩어진 지푸라기처럼 천하게 여기면, 신하는 임금을 원수처럼 여길 것이옵니다."

이 말을 듣고 선왕은 몹시 불쾌했다. 잠시 무엇인가를 생각하던 선왕이 맹자에게 물었다.

"의례(儀禮)에 대한 옛 기록을 보면 예(禮)를 갖추어 '자기가 모시던 임금을 위해 상복을 입는다'고 했습니다. 말씀해 주십시오. 임금이 신하에게 어떻게 해야, 신하는 자기가 모시던 임금을 위해 상복을 입겠습니까?"

맹자가 대답했다.

"신하가 간언한 것을 임금이 실행하고, 신하가 건의한 것을 임금이 받아들여 그 혜택을 백성에게 베푸시옵소서. 또 신하가 어떤 사정이 생겨 그 나라를 떠날 때, 임금은 사람을 시켜 그가 국경을 넘을 때까지 인도해 주고, 그가 가는 나라에 사람을 먼저 보내 그를 좋게 소개하시옵소서. 또한 신하가 떠난 지 삼 년이 지나도 돌아오지 않으면, 그때 가서 그에게 내렸던 땅과 집을 거두어들이시옵소서."

맹자가 이어 대답했다.

"임금이 신하에게 이 세 가지 예를 갖추어 대한다면, 신하는 반드시 모시던 임금을 위해 상복을 입을 것이옵니다."

"……."

이 말을 듣고 선왕은 더 불쾌했다. 그러나 더 이상 아무 말도 못하고 고개를 푹 숙였다

《맹자(孟子)》〈이루 편 하(離婁篇 下)〉에 실려 있는 맹자의 가르침이다.

신하가 간언해도 임금이 실행하지 않고, 신하가 건의해도 임금이 받아들이지 않는다면 백성들은 그 혜택을 받을 수 없다.

어떤 사정이 생겨 신하가 나라를 떠날 때, 그 나라 임금이 그를 붙들거나, 그가 갈 나라에 먼저 사람을 보내 험담을 퍼트린다면 그

신하는 어려움을 겪을 게 뻔하다.

그리고 나라를 떠난 신하에게 주었던 땅과 집을 그가 떠난 즉시 바로 거두어들인다면 그는 임금과 원수가 된다.

임금과 원수가 된 신하, 세상에 그 어느 누가 원수를 위해 상복을 입겠는가.

맹자(孟子, B.C. 372~B.C. 289)는 중국 전국시대의 사상가이다. 추(鄒)나라 사람으로, 이름은 가(軻), 자는 자여(子輿)·자거(子車)이다. 공자의 '인(仁)' 사상을 발전시켜 '성선설(性善說)'을 주장했고, 인의의 정치를 권했다. 유학의 정통으로 숭앙되며 '아성(亞聖)'이라 불린다.

《맹자(孟子)》는 유교 경전인 사서(四書)의 하나로, 맹자와 그 제자들의 대화 등이 기술되어 있다.

효도 편

008

모든 행실의
근본

사전에 '효도(孝道)'는 "부모를 잘 섬기는 도리. 또는 부모를 정성 껏 잘 섬기는 일"이라고 풀이되어 있다. 즉 효도는 부모를 잘 섬기는 자식의 도리이다.

그리고 '효성(孝誠)'은 "마음을 다해서 부모를 섬기는 정성"이고, '효심(孝心)'은 "효성스러운 마음"이며, '효행(孝行)'은 "부모를 잘 섬기는 실제로 드러나는 행동"이다.

근원 없는 샘은 없고, 뿌리 없는 나무가 없듯, 부모 없는 자식은 없다. 나를 낳아 길러 준 부모 은혜에 보답하는 것은 자식의 도리이며 가장 사람다운 일이다. 그러므로 '효'는 내 소중한 생명이 세상에 있게 된 근원을 생각하고, 그 근원을 성심성의로 공경하면서 사랑하는 것이다.

그리고 '효행'은 효의 실천으로 나를 낳아 길러 준 부모를 섬기는 것이다.

효위백행지본(孝爲百行之本)이라.
효도는 백 가지 행실의 근본이 된다.

《명심보감(明心寶鑑)》에 실려 있는 공자의 가르침이다.
공자도 효도가 백 가지 행실, 즉 모든 행실의 근본이 된다고 했다. 효도는 사람이 부모에게 해야 할 일 가운데에서 으뜸이 되는 일이기 때문이다.

넓은 의미로 보면 '효'란 양지(養志)의 효, 부모 뜻을 잘 받들어 모셔 부모 마음을 편안하고 즐겁게 해 드리는 것이다. 또한 양구체(養口體)의 효, 부모 입과 몸을 봉양해 부모를 육체적으로나 물질적으로 편하게 해 드리는 것이다.

"부모를 잘 섬기는 일"인 '효(孝)'는 늙을 로, 늙을 노(老-耂 : 노인)와 아들 자(子 : 아들)가 합해져서 이루어진 글자이다. 아들[子]이 노인[老-耂]을 등에 업은 모양이다. 즉 아들이 노인을 잘 봉양(奉養)하는 뜻에서 "부모(父母)나 조상(祖上)을 잘 섬김"을 나타낸다. 이렇게 효는 부모와 자식과의 관계이고, 선택하는 것이 아닌 천성적인 관계이며, 부모와 자식 사이의 헌신적이고 무조건적인 존경과 사랑으로부터 시작된다.

천하의 성군이라고 하는 요임금과 순임금이 그랬다. 천하의 성현이라고 하는 공자와 맹자도 그랬다. 부모에게 효도하라고.

바꾸어 말하면 요임금과 순임금이나 공자와 맹자보다 그들을 낳은 부모들이 더 위대하다는 것이다.

이처럼 이치를 깨달은 성군들과 성현들은 하나같이 부모에게 효도하라고 강조한다. 그래서 공자도 "효도는 모든 행실의 근본이 된다"고 말한 것이다.

《명심보감(明心寶鑑)》은 조선시대에, 어린이들의 인격 수양을 위한 한문 교양서이다. 고려시대 충렬왕 때 민부상서(民部尚書)·예문관대제학(藝文館大提學)을 지낸 추적(秋適)이 1305년에 중국 고전에서 공자, 맹자, 장자 등 선현들의 금언(金言)·명구(名句) 등 보배로운 가르침을 〈계성 편(戒性篇)〉, 〈존심 편(存心篇)〉, 〈안분 편(安分篇)〉, 〈효행 편(孝行篇)〉, 〈순명 편(順命篇)〉, 〈천명 편(天命篇)〉, 〈계선 편(繼善篇)〉 등으로 나누어 배열·편집했다.

그런 뒤에 명나라 사람 범입본(范立本)이 추적의 《명심보감》을 입수해 증편하기도 했다.

여러 세대에 걸쳐 축적된 현인들의 지혜는 유교·불교·도교 등의 내용을 아우르고 있어 전통적인 동양 사상의 진면목을 잘 보여 준다. 어느 한편의 사상에 치우치지 않고 인간의 보편적인 윤리 도덕을 강조하고, 인간 본연의 착한 심성을 강조하며, 지족(知足)과 겸양의 덕성을 가져야 한다는 명언은 세상을 다스리기 위한 수양서이자 세상을 구제하기 위해 필요한 교훈서가 되기에 충분하다.

《명심보감》은 마음을 공명정대하게 밝혀 주는 보배로운 거울, 마음을 밝혀 주는 보배로운 거울이라는 뜻이다.

009

나도
걷기 힘든데

어느 날 두 사람이 함께 길을 가고 있었다. 남자와 여자였다. 두 사람은 다정하게 걸었다. 그러나 연인은 아니었다. 아들과 어머니였다. 아들은 랍비이고 어머니는 나이가 들었다.

두 사람이 마을을 벗어나자 평탄한 길은 뚝 끊기고, 험한 길이 시작되었다. 길은 울퉁불퉁하고 돌이 많아서 걷기가 무척 힘들었다.

'아, 나도 걷기 힘든데, 어머니는 얼마나 힘드실까?'

바로 그때 랍비 머릿속에서 반짝 하고 좋은 생각이 떠올랐다.

'그래, 그렇게 하면 되겠구나!'

랍비는 어머니 바로 앞에 무릎을 꿇었다. 그러고 나서 두 손을 펴 땅바닥에 댔다.

"어머니, 제 손을 밟으면서 천천히 따라오세요."

랍비의 성격을 너무나 잘 알고 있는 어머니는 그러는 랍비를 말

리지 않았다. 랍비는 그렇게 무릎걸음으로 뒤로 뒤로 갔다. 어머니
는 그렇게 랍비의 손을 밟고 앞으로 앞으로 갔다.

《탈무드(Talmud)》에 실려 있는 가르침이다.

특별하고 대단한 것을 해 드려야만 효도가 아니다. 일상에서 부
모를 생각하고 위하는 마음이 더 중요하다. 남이 하는 효도를 보고
들으면서 감탄만 할 게 아니다. 내 부모를 내가 더 생각하고, 더 위
하는 마음으로 정성을 다해 실천하는 것이 더욱더 중요하다.

《명심보감》〈계선 편〉에 "세유천만경전 효의위선(世有千萬經典 孝
義爲先)"이라 했다. "세상에 천만 가지 경전이 있어도 효도와 정의가
먼저"라는 뜻이다. 효도는 백 가지 행실의 근본이 된다는 말과 뜻이
통하며, 효는 인류의 가장 으뜸인 덕목이라고 강조하는 가르침이다.

《탈무드(Talmud)》는 유대인 율법학자의 구전과 해설을 집대성한 책
이다. 사회 전반의 사상(事象)에 대한 것으로, 팔레스타인 혹은 이스라
엘 탈무드와 바빌로니아 탈무드가 있는데, 보통 후자(後者)를 이른다.
오늘날까지 유대인의 정신문화의 원천으로서 높이 평가된다.

010

가정이
화목하면

공자는 "효는 부모를 공경하는 데에서 시작한다. 그런 다음 나라에 충성하고, 후세에 이름을 드날려 부모를 드러나게 하는 것이 효의 끝이다. 이처럼 '효'가 자연스럽게 '충(忠)'으로 이어지고, '입신(立身)'으로 끝맺는 것이 '군자의 길'이다"라고 했다.

신체발부(身體髮膚)는 수지부모(受之父母)이니
불감훼상(不敢毁傷)이 효지시야(孝之始也)요,
입신행도(立身行道)하여, 양명어후세(揚名於後世)하여
이현부모(以顯父母)가 효지종야(孝之終也)라.
사람의 몸과 머리털과 피부, 곧 몸 전체는 부모에게 받았으니
감히 손상치 않는 것이 효도의 시작이요,
몸을 세워 도를 행해서 후세에 이름을 드날려

부모를 드러내는 것이 효도의 끝마침이다.

《효경(孝經)》〈개종명의 장(開宗明義章)〉에 실려 있는 공자의 가르침이다.

우리나라에서도 옛사람들은 이 가르침에 따라 머리카락을 깎지 않았다. 남자도 어려서는 여자처럼 길게 땋았고, 어른이 되면 상투를 틀었다. 유교에서는 '효'를 "만 가지 덕(萬德)의 근원이요, 백 가지 행실(百行)의 원천"으로 본다. 《논어》에서는 "부모를 잘 섬겨야 유교의 중심 사상인 '인(仁)'을 이룰 수 있다"고 했다.

그래서 조선시대의 문신이며 학자인 퇴계(退溪) 이황(李滉, 1501~1570)은 "효는 모든 행동의 근원[효자백행지원(孝者百行之源)]"이라고 했다. 또한 조선시대 문신이며 학자인 율곡(栗谷) 이이(李珥, 1536~1584)는 "효는 모든 행동의 바탕[효자백행지도(孝者百行之道)]"이라고 했다. 《효경》에서도 "효는 덕의 근본이며 교육이 그로 인해 생겨난다"고 했다.

《효경》은 단순히 부모에게 행하는 효만을 가르치지 않는다. 자신의 지덕(知德)을 끝없이 수련하면서 바른 행실로 정의를 실천해야 가정에서 부모에 대한 효행이 자연스럽게 드러나고, 사회와 국가에 대한 봉사의 자세가 갖추어진다고 가르친다.

효로 인해 가정이 화목하면 사회가 평온하고 나라가 평화롭다는 것은 아주 평범한 진리이다.

공자는 "임금은 임금답고 신하는 신하다워야 하며 아비는 아비답고 자식은 자식다워야 한다[군군신신부부자자(君君臣臣父父子子)]"고 했다.

각자가 본분에 따라 그 뜻을 따른다면 온 세상은 평화 속에서 늘 평안할 것이다.

《효경(孝經)》은 공자가 제자인 증자에게 전한 효도에 관한 논설 내용을 기록한 책으로, 유가의 주요 경전인 십삼경(十三經)의 하나이다. 이 책은 '효도(孝道)'를 주된 내용으로 다루었기 때문에《효경》이라 했고, 십삼경 중에서 처음부터 책 이름에 '경(經)' 자를 붙인 것으로는 유일하다.

《효경》의 저자에 대해서는 몇 가지 이설(異說)이 있다. 공자가 지었다는 설, 공자의 제자인 증자가 지었다는 설, 공자의 70여 제자의 유서(遺書)라는 설, 증자의 문인(門人)들이 집록(輯錄)했다는 설 등이다. 그러나 어느 것도 확증할 만한 충분한 근거는 없다. 효경 본문에 공자와 증자의 이야기가 많이 나온다는 점과 학통(學統) 상으로 보아 증자의 문인에 속하는 사람들이 썼을 것이라는 견해가 타당할 것으로 보인다. 이처럼《효경》의 저자가 분명치 않아 저작 연대도 불명확하다. 아마도 춘추시대 말기에서 전국시대 사이에 저술된 것으로 보인다.

011

난 이게
뭐람?

　어느 마을에 엄청 게으른 아들이 부모와 함께 살았다. 아들은
덩치가 크고 힘이 세서 일을 잘할 것 같았다. 하지만 빈둥빈둥 놀
기하고 밥만 축낼 뿐 집안에는 아무런 도움도 되지 않았다. 그런
게으름뱅이 아들도 잘하는 일은 있었다. 그것은 밥 먹고, 쉬하고,
잠자고, 똥 싸는 일.

　일손이 부족한 모내기철에도 아들은 남의 일 보듯이 손 하나 까
딱하지 않았다. 일손이 부족한 추수철에도 아들은 남의 일 보듯이
눈 하나 깜빡 않았다.

　부모는 이런 아들을 보고 속이 부글부글 끓었다.

　"하나밖에 없는 아들이 저러니 저건 자식이 아니라 웬수야, 웬
수. 에휴, 에휴우……."

　그런 어느 날이었다.

그날도 아들은 불룩 나온 배를 쓱쓱 문질렀다. 어머니가 차려 놓은 점심을 먹고 배가 잔뜩 불러,

"끄윽……."

시원하게 트림을 하고 방바닥에 벌러덩 누웠다. 낮잠을 자려고.

그런데 잠이 오지 않아 눈을 멀뚱멀뚱 뜨고 천장만 쳐다보았다.

얼마쯤 지났을까.

천장 한 구석에서 뭔가가 고개를 쏙 내밀었다.

"어라, 저건?"

그것은 바로 새끼 쥐였다. 새끼 쥐는 두리번두리번 킁킁 냄새를 맡았다. 두리번거리던 새끼 쥐는 쪼르르 내려와 밥상 앞에 아들이 흘린 밥알을 확인하고는 다시 나왔던 천장 구멍으로 부리나케 뛰어 들어갔다.

잠시 뒤 새끼 쥐가 큰 쥐를 데리고 다시 내려왔다. 큰 쥐는 어미 쥐였다. 어미 쥐는 새끼 쥐 꼬리를 물고 있었다.

가만히 살펴보니까 새끼 쥐 꼬리는 살이 다 벗겨져 벌건 속살이 드러나 있었다.

사실 어미 쥐는 눈이 멀어 앞이 보이지 않았다. 새끼 쥐는 눈먼 어미를 꼬리에 매달고 날마다 먹이를 찾아 먹였다. 그 바람에 꼬리의 허물이 홀라당 벗겨진 것이다.

'아이쿠, 아이쿠…….'

꼼짝 않고 그걸 지켜보던 아들은 콧등이 시큰거렸다. 너무너무 부끄러워서.

'하찮은 쥐도 제 어미를 저렇게 지극 정성으로 모시는데 난 이게 뭐람?'

작은 새끼 쥐가 덩치 큰 아들의 정신을 번쩍 들게 한 것이다.

'그래, 새끼 쥐만도 못한 사람이 돼서는 안 돼!'

새끼 쥐가 어미 쥐를 데리고 구멍으로 쏙 들어가자마자 아들은 벌떡 일어나 앉아 반성하면서 가슴을 쿵쿵 쳤다.

그 뒤부터 아들은 부지런히 일을 했다. 그러면서 그동안 못했던 것까지 보태 부모를 지극 정성으로 모셨다. 게으름뱅이 허물을 확 벗어 던진 것을 보고 마을 사람도 깜짝 놀랐다.

"허허, 그거 참 믿을 수 없군그래."

"그 게으름뱅이가 저렇게 부지런하고, 효성 지극한 아들이 되었으니 말이에요. 호호 호호호……."

마을 사람들은 입에 침이 마르도록 칭찬하고 또 칭찬했다.

아들은 더욱더 열심히 일하면서 부모와 함께 오순도순 행복하게 살았다.

"부잣집 밥벌레"라는 속담은 일은 전혀 하지 않으면서 먹는 데만 눈

이 밝은 게으름뱅이를 이르는 말이다. 일은 전혀 하지 않으면서 밥만 먹고 빈둥빈둥 노는 게으름뱅이 아들한테 꼭 맞는 속담이다.

그러나 고사성어 '개과천선(改過遷善)'에는 지난날의 잘못이나 허물을 고쳐 올바르고 착하게 된다는 뜻이 담겨 있다. 어미 쥐를 지극 정성으로 모시는 새끼 쥐를 보고 지난날의 잘못을 반성해, 부지런한 효자로 변한 게으름뱅이 아들에게 꼭 맞는 고사성어이다.

그러니 내가 부모에게 무엇을 잘못했는지 찾아 얼른 반성해야 한다. 무엇보다 중요한 것은 그런 잘못을 다시 안 해야 한다는 것이다.

012

부모의 큰 은혜
10가지

01. 회탐수호은(懷耽守護恩)

    잉태하고 품어 지켜 주신 은혜

02. 임산수고은(臨産受苦恩)

    해산 때 고통을 받아 이겨 주신 은혜

03. 생자망우은(生子忘憂恩)

    자식을 낳고 근심을 잊어 주신 은혜

04. 인고토감은(咽苦吐甘恩)

    쓴 것을 삼키고 단것은 뱉어 먹여 주신 은혜

05. 회건취습은(回乾就濕恩)

    진자리와 마른자리를 가려 누여 주신 은혜

06. 유포양육은(乳哺養育恩)

    젖을 먹여 길러 주신 은혜

07. 세탁부정은(洗濯不淨恩)

　　손발이 닳도록 깨끗이 씻어 주신 은혜

08. 원행억념은(遠行憶念恩)

　　먼 길을 떠났을 때 걱정해 주신 은혜

09. 위조악업은(爲造惡業恩)

　　자식을 위해 모진 일도 감당해 주신 은혜

10. 구경연민은(究竟憐愍恩)

　　끝까지 자식을 불쌍하고 가련하게 여겨 사랑해 주신 은혜

　　《부모은중경(父母恩重經)》에 실려 있는 가르침으로, '부모의 큰
은혜 10가지'이다.

　　유교의 《효경》은 효도를 강조하지만 불교의 《부모은중경》은 은
혜를 강조한다.

　　석가모니(釋迦牟尼)가 말했다.

　　"진리의 삶이란 부모에게 효도하고 처자를 사랑하며 보호하고
자신의 직업에 충실한 평범한 이치 중에 있다."

　　그중에서도 부모를 정성껏 잘 섬기는 도리인 효도는 세상이 변
하고 변해도 절대 변해서는 안 될 인간의 근본 윤리이다.

《부모은중경(父母恩重經)》 또는 《불설대보부모은중경(佛說大報父母恩重經)》은 부모의 은혜가 지극히 크고 깊다는 사실을 가르치고, 이에 보답할 것을 가르치는 불교의 경전이다. 중국 수(隋)나라 말기에서 당(唐)나라 초기에 간행되었다고 하지만 그 시기는 확실하지 않다.

출가해 깨달음을 얻으라는 불교의 가르침이 중국을 거쳐 전래되면서 유교적 효를 배척하지 않고, 불교적인 효도를 설한 경전이다.

석가모니(釋迦牟尼, B.C. 624?~B.C. 544?)는 불교의 창시자이다. 성은 고타마(Gautama), 이름은 싯다르타(Siddhārtha)이다. 과거칠불의 일곱째 부처로, 세계 4대 성인의 한 사람이다. 기원전 624년경 지금의 네팔 지방의 카필라바스투 성에서 정반왕(淨飯王)과 마야(摩耶) 부인의 아들로 태어났고, 29세 때 출가해 35세에 부다가야의 보리수 아래에서 깨달음을 얻어 부처가 되었다. 그 뒤 녹야원(鹿野苑)에서 다섯 수행자를 교화하는 것을 시작으로 교단을 성립했다. 45년 동안 인도 각지를 다니며 포교하다가 80세에 입적했다.

013

저를
떠보신 거라니요?

어느 도시에 한 청년이 살고 있었다.

청년의 아버지는 다이아몬드를 파는 보석 상점 주인이었다.

그 보석 상점에는 값이 무려 금화 3천 냥이나 나가는 귀한 다이아몬드가 있었다. 그것도 딱 한 개가.

"생각한 것보다 헌금이 훨씬 많이 들어왔군. 하기야 하느님의 성전을 꾸미는 거니까 신자들 마음이 움직인 거겠지."

이렇게 중얼거린 랍비는,

'귀한 성전을 꾸미는 것이니 귀한 헌금으로 귀한 보석을 구해서 쓰자.'

하고 생각했다.

랍비는 보석 전문가를 찾아갔다.

"귀한 하느님의 성전을 꾸미는 데 귀한 보석을 쓰려고 하오. 어떤 보석을 쓰면 좋겠소?"

"선생님, 값만 맞는다면 귀한 다이아몬드가 좋겠습니다."

"좋소. 어느 보석 상점에 가면 그 귀한 다이아몬드를 구할 수 있겠소이까?"

"소개해 드리겠습니다."

보석 전문가가 소개한 보석 상점은 바로 청년의 아버지가 운영하는 보석 상점이었다. 그래서 랍비는 금화 3천 냥을 챙겨 들고 그 보석 상점으로 갔다.

"어서 오세요."

청년이 랍비를 반겨 맞았다.

"금화 삼천 냥짜리 다이아몬드가 이곳에 있다고 해서 찾아왔네. 그 귀한 걸 귀한 하느님의 성전을 꾸미는 데 쓰기로 해서 말이네."

"잘 찾아오셨어요. 선생님, 저희는 정성을 다해 가공한 최상품 다이아몬드만 취급합니다. 그 가운데에서도 최고로 귀한 다이아몬드를 찾으시니, 선생님 안목이 보통이 아니시네요. 잠깐만 기다려 주세요. 그 다이아몬드를 보여 드릴게요."

청년은 금고로 갔다. 그러나 열쇠가 없었다.

'아버님께서 가져가셨겠구나.'

이렇게 생각한 총각이 방으로 들어갔다.

"드르렁 쩝쩝, 다리링 쩝쩝쩝……."

청년의 아버지는 코까지 골면서 맛있게 낮잠을 자고 있었다. 먹는 꿈을 꾸는지 입맛까지 다시면서.

그런 아버지를 본 청년은 뒷머리를 벅벅 긁으면서 잠시 생각했다. 청년의 아버지는 잠을 잘 때 늘 금고 열쇠를 베개 밑에 넣어 두기 때문이다.

'내가 베개 밑에 손을 넣고 열쇠를 빼면 아버지께서 주무시다가 잠을 깨시겠지?'

이렇게 생각한 청년은 슬그머니 방문을 닫고 나와 랍비에게 말했다.

"선생님, 죄송합니다. 지금은 원하시는 다이아몬드를 팔 수가 없네요."

"왜 그런가?"

"저 저어……."

"어서 말해 보게."

"제 아버님께서 낮잠을 주무셔서요……."

"뭐 뭐라! 나는 금화 삼천 냥이나 되는 엄청나게 비싸고도 귀한 다이아몬드를 사려고 왔네. 그런데 아버님께서 낮잠을 주무셔서 못 팔겠다?"

"저 저 그 그게요……. 죄 죄송합니다, 서 선생님."

랍비가 버럭 화를 내자 청년은 깜짝 놀라고 당황해 말까지 더듬었다. 그 모습을 본 랍비 표정이 갑자기 바뀌었다. 화가 잔뜩 나 확 구겨졌던 표정이 환하게 펴진 것이다.

"아닐세. 미안하긴. 내가 일부러 화를 낸 걸세."

"일부러 화를 내셨다고요?"

게다가 랍비가 부드러운 목소리로 말하자 청년은 고개를 갸우뚱했다.

"그렇다네. 내가 자네를 떠보려고 그런 걸세."

"저를 떠보신 거라니요?"

"자네 아버지는 훌륭한 아들을 두었구먼, 허허허……."

멋쩍어서 뒷머리를 벅벅 긁는 청년 얼굴에 홍당무 빛깔이 짙게 옮아앉았다.

《탈무드》에 실려 있는 가르침이다.

랍비는 청년의 뜻을 따라 아버지가 일어날 때까지 기다렸다가, 최상품에 최고로 귀한 그 다이아몬드를 샀다. 그리고 하느님의 귀한 성전을 아름답게 꾸몄다.

그 뒤 랍비는 이 효자 청년에 대한 이야기를 많은 사람들에게 알렸다.

큰 돈벌이가 되는 거래인데도, 청년이 낮잠 자는 아버지를 깨우지 않았다는 것이 대단한 효도라고 감탄했기 때문에.

014

참으로
값지고 귀한 것

증자는 사람의 몸과 머리털과 피부 곧 몸 전체는 부모에게 받았으니, 감히 손상치 않는 것이 효도의 시작이라는 《효경》의 가르침을 실천하려 평생 몸가짐을 극히 조심했다. 증자는 이렇게 효성이 지극해서 오늘날까지도 '하늘이 내리신 효자'라 불리고 있다.

증자가 위독해져 임종에 이르렀을 때, 제자들에게 힘겨운 목소리로 말했다.

"내 손을 살펴보고, 내 발을 살펴보게."

제자들은 증자가 한 말이 무슨 뜻인지, 이렇게 생각하고 저렇게 생각해도 도무지 알 수가 없었다.

"스승님, 왜 이런 말씀을 하셨습니까?"

한 제자가 묻자 증자는,

"《시경(詩經)》에서 효에 대해 이르기를 '몸을 소중히 하려면 늘 두려워하고 조심해야 한다. 연못 가장자리에 서서 깊은 연못을 굽어보는 듯이 하고, 살얼음을 밟고 걷는 듯이 하라'고 했네. 나는 이제야 그런 효행의 임무에서 풀려났다네……."

라고 대답한 뒤에 잠들 듯이 조용히 눈을 감았다. 제자들은 모두 증자가 한 말에 그만 숙연하게 고개를 숙이지 않을 수 없었다.

《논어》〈태백 편〉에 실려 있는 가르침이다.

증자가 한 마지막 말에는 효도를 다해 한없이 기쁘다는 뜻이 담겨 있었던 것이다.

세월이 흐르고 시대가 바뀌면서 효도에 대한 생각이나 방법도 많이 달라지고 있다. 그러나 그 생각과 방법이야 어떻게 달라졌건, 자식 된 도리로 후회하지 않게 부모에게 효도를 다해야 한다는 것은 달라질 수 없다. 그러므로 사람이 죽음 앞에서 효도를 다한 기쁨을 안고 조용히 눈을 감을 수 있다는 것은 참으로 값지고 귀한 것이다.

《시경(詩經)》은 중국 최고(最古)의 시집이다. 공자가 제자를 교육할 때 쓰려고 편찬했다고 전해지나 미상이다. 처음에는 《시(詩)》라고만 불리었다. '시'라는 말의 어원이 여기에서 나왔다. 주나라 때 편찬되었다 해서 《주시(周詩)》라고도 하다가, 당나라 때 유학 오경의 하나로 포함되면서 《시경》이라고 불리게 되었다. 주나라 초부터 춘추시대까지의 시 311편을 풍(風)·아(雅)·송(頌)의 세 부문으로 나누어 수록했다. 오늘날 전하는 것은 305편이며 한나라 초기의 학자 모형(毛亨, ?~?)이 전했다고 해서 《모시(毛詩)》라고도 한다.

015

그 지게는
왜 가져온 게냐?

어느 산골 마을에 마음씨 고약한 부부가 살았다. 함께 사는 아버지는 나이가 많고 몸도 불편해서 자리에 누워 지냈다. 그러나 마음씨 나쁜 아들은 아버지를 간호해 주지도 않았다.

"남들 아버지는 일찍일찍이 돌아가시는데 우리 아버지는 왜 오래 사시지? 에이, 속상해."

아들은 날이 갈수록 아버지를 더 못살게 굴었다.

며느리는 며느리대로 아버지를 괴롭혔다. 아들이 나갔다 늦게 돌아오면 낮에 있었던 일을 부풀려서 남편한테 시시콜콜 다 일러바치기도 했다.

"오늘 일을 생각하면 속상해서 못살겠어요. 똥도, 오줌도 못 가리시면서 닭고기를 해내라시잖아요. 이젠 못살겠어요. 정말 지긋지긋해서 못살겠다구요."

나이 많은 아버지는 고통스럽게 하루하루를 보냈다. 아들과 며느리에게 미움을 받으면서.

'어릴 때는 금이야 옥이야 하며 귀하게 기른 자식인데, 지금은 나를 이렇게 구박하는구나…….'

이런 생각을 하니 눈물까지 주르륵 흘러나왔다. 너무너무 서러워서.

그러나 손자만은 할아버지를 위하는 마음이 깊어 다행이었다.

그런 어느 날 밤이었다.

아들과 며느리는 아버지를 내다버릴 궁리를 했다. 날이 밝자 아들과 며느리는 마을 이 골목, 저 골목을 다니면서 나쁜 소문을 퍼뜨렸다. 아버지가 노망이 나 식구도 못 알아본다고, 대소변도 가리지 못하는데다 행패까지 부린다고.

"쯧쯧 쯧쯧쯧, 정말 저 집 노인네가 망령이 들어도 단단히 들었네 그래."

마을 사람들은 속사정도 모르고 아들과 며느리가 고생한다며 '고려장'을 지내라고 권했다. 고려장이란 옛날 고구려 때 일흔 살 넘은 어떤 노인이 자식한테 부담이 되는 것이 싫어 산속에 들어가 죽은 일이 있었다. 이게 마치 자식이 늙은 부모를 내다 버리는 일로 잘못 전해져 온 것이라 한다.

일이 이쯤 되자 마음씨 고약한 부부는 소곤소곤 일을 꾸몄다. 아주 못된 일을.

다음 날 아들이 손자에게 말했다.

"애야, 너 오늘 할아버지를 모시고 산에 다녀와야겠다."

"아버지, 할아버지를 버리란 말예요? 그럴 순 없어요."

"애야, 나라에서 고려장을 만들었을 때는 다 깊이 생각해서 그런 거니 지켜야 한다."

할 수 없이 지게에 이불을 깐 손자는 할아버지를 태우고 집을 나섰다. 그러나 지게를 진 손자는 뒷산으로 가서 할아버지에게 꽃구경을 실컷 시켜 주었다.

그러고 나서 날이 어두워지자 손자는 동굴에 할아버지를 내려놓고, 집을 떠나기 전에 몰래 챙긴 주먹밥을 할아버지 옆에 놓고, 샘터로 가서 호리병에 물을 담아 왔다.

"배고프실 때 이 주먹밥 드시고, 목마르시면 이 물 드세요. 할아버지, 내일 꼭 모시러 올게요."

"그래, 고맙구나. 조심해 가거라."

손자는 천천히 걸어서 집으로 돌아왔다. 늦게 돌아온 손자를 보고 안심을 한 아들이 물었다.

"근데 이 녀석아, 그 지게는 버리지 왜 가져온 게냐?"

"이다음에 아버지, 어머니가 나이 드시면 갖다 버릴 때 쓰려고 가져왔어요."

손자 대답에 마음씨 고약한 부부는 정신이 번쩍 들었다.

날이 밝자마자 아들과 며느리는 손자를 앞세우고 부리나케 산으로 달려갔다. 두 손을 싹싹 비비며 잘못을 빌고, 내다 버린 아버지를 모셔다가 행복하게 잘살았다.

이 소문은 온 나라에 쫙 퍼졌다. 그래서 옛날부터 내려오던 '고려장'이라는 나쁜 말이 싹 없어졌다. 고려장을 지내는 나쁜 일도 싸악 없어졌다.

우리 속담에 "삼 년 구병에 불효 난다"고 했다. 병으로 여러 해 누워 앓는 부모를 간호하다 보면 힘이 들어 불효하는 경우가 생기게 된다는 뜻으로, 무슨 일이나 오랜 시일이 걸리거나 자꾸 되풀이되면 한결같이 정성을 다할 수는 없게 된다는 말이다.

그러나 고사성어 '채의이오친(綵衣以娛親)'은 색동옷(채색옷)을 입고 부모를 즐겁게 한다는 뜻으로, 부모에게 효도하는 것을 이르는 말이다.

나이 많은 아버지를 구박하다가 아들을 시켜 내다 버린 마음씨 고약한 부부는 "이다음에 아버지, 어머니가 나이 드시면 갖다 버릴 때 쓰려고" 지게를 가져왔다는 아들 말을 듣고서야 반성했다.

그러니 나이 70이 되어서도 90이 된 아버지 앞에서 색동옷(채색옷)을 입고 어린이 춤을 추다가 일부러 넘어져서 엉엉 우는 시늉을 해 즐겁게 해 드린다는 '채의이오친'의 뜻을 우리 마음 깊이 새겨야 한다.

016

온 나라
사람들이 다

어느 날 공도자(公都子)가 맹자에게 물었다.

"온 나라 사람들이 다 광장(匡章)을 불효자라고 합니다. 그런데 왜 스승님께서는 그와 만나고 또 그를 예로 대하십니까?"

맹자가 대답했다.

"이 세상에서 말하는 불효는 다섯 가지이네. 몸을 놀리는 데 게 을리해서 부모님을 봉양하지 않는 것이 첫째 불효요, 장기와 바둑을 두고 노름과 술에 빠져 부모님을 봉양하지 않는 것이 둘째 불효요, 재물을 좋아하고 제 부인과 제 자식만 사랑해서 부모님을 봉양하지 않는 것이 셋째 불효요, 눈과 귀의 욕구를 채우느라 부모님을 욕되게 하는 것이 넷째 불효요, 용맹한 것만 좋아하고 싸움에 빠져 부모님을 위태롭게 하는 것이 다섯째 불효라네. 광장은 이 다섯 가지 불효 중에서 한 가지도 범하지 않았네. 그런데도 광장이 불효자라는 누명을 쓰게 된 것은 그가 아버지와 선(善)에 대한 뜻이 서로 달랐기 때문이라네.”

《맹자》〈이루 편 하〉에 실려 있는 맹자의 가르침이다.

제나라 위왕(威王) 때 사람으로, 문무를 겸비한 광장이 아버지와 선에 대한 뜻이 달라 불효자라는 누명을 쓴 데에는 다음과 같은 일화가 전한다.

어느 날 광장의 아버지는 광장의 어머니가 자기에게 잘못했다고 죽여서 마구간 바닥에 묻어 버렸다. 그러자 광장이 애원했다.

“아버님, 어머니 잘못을 용서하시고 다른 곳에 옮겨 장례를 치르게 해 주십시오.”

“안 된다!”

아버지가 청을 들어주지 않자 광장은 결심했다. 아버지가 마음을 돌리지 않는 한, 자기 부인과 자식과 떨어져 살면서 자식의 봉양을 받지 않겠다고. 그 뒤 아버지가 마음을 돌리지 않고 세상을 훌쩍 떠나자 광장도 혼자 살았다. 어머니를 다른 곳에 옮겨 묻지도 않았다. 어느 날 위왕이 어머니를 다른 곳으로 옮겨 후하게 장례를 치르라고 권했다. 그러나 광장은 세상을 떠난 아버지를 속이는 짓이라 해서 따르지 않았다.

“자녀 여러분, 주님 안에서 부모에게 순종하십시오. 그것이 옳은 일입니다. ‘아버지와 어머니를 공경하여라.’ 이는 약속이 딸린 첫 계명입니다. '네가 잘되고 땅에서 오래 살 것이다' 하신 약속입니다. 그리고 아버지 여러분, 자녀들을 성나게 하지 말고 주님의 훈련과 훈계로 기르십시오."

《신약성경(新約聖經)》〈에페소 신자들에게 보낸 서간〉 제6장 1-4절이 전하는 가르침이다.

과연 이런 광장이 불효자일까?

맹자는 광장이 다섯 가지 불효 가운데 어느 한 가지도 범하지 않았으니 불효자가 아니라고 했다. 또한 광장은 자기가 결심한 대로 자기 부인과 자식과 떨어져 혼자 살면서 자식의 봉양도 받지 않았다. 그래서 맹자는 그와 만나고 또 그를 예로 대했던 것이다.

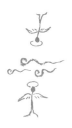

《신약성경(新約聖經)》〈에페소 신자들에게 보낸 서간〉은《신약성경》의 서신 중 하나이며, 터키 에페소스 교회가 독자이다. 천주교 성경에서는 〈에페소 신자들에게 보낸 서간〉, 표준새번역과 한글개역판에서는 〈에베소서〉로 번역했다.

017

계명을
지키는 것

아버지와 어머니를 공경하여라. 그러면 너는 주 너의 하느님이 너에게 주는 땅에서 오래 살 것이다.

《구약성경(舊約聖經)》〈탈출기(脫出記)〉제20장 12절이 전하는 가르침이다.

이것은 하느님이 시나이 산(Sinai山)에서 모세를 통해 이스라엘 백성에게 내렸다고 하는 열 가지 계율인 '십계명(十誡命)' 가운데 하나이다.

우리는 낳고 길러 준 부모를 공경해야 한다. 우리가 부모를 모실 수 있게 해 준 조상도 공경해야 한다. 우리가 세상을 살아갈 수 있게 진리의 지식과 지혜를 준 부모로서 스승 또한 공경해야 한다.

아울러 이 모든 것을 우리에게 베풀어 준 부모로서 하느님을 공경해야 한다. 우리가 이 모든 부모를 공경하는 방법은 사랑을 가득 담아 감사하며 몸과 마음을 다해 이 계명을 지키는 것이다.

《구약성경(舊約聖經)》〈탈출기(脫出記)〉는 〈출애굽기(出埃及記)〉라고도 하는데, 《구약성경》의 '모세오경(Moses五經)' 가운데 두 번째 책이다. 이스라엘 민족이 모세의 인도로 노예 생활을 하던 이집트에서 탈출해 시나이 산(가나안 땅)에 이르기까지의 일들이 기록되어 있다. 십계명도 이 안에 기록되어 있다. '출애굽'이라는 명칭은 "이집트에서 나옴"을 뜻한다. 히브리어로는 '쉐모트(שמות)'라고 한다.

'모세오경'이란 《구약성경》의 처음 다섯 권으로, 〈창세기〉, 〈출애굽기〉라고도 하는 〈탈출기〉, 〈레위기〉, 〈민수기〉, 〈신명기〉를 이른다.

리더십 편

018

바람직하고
새로운 인간형

훌륭한 스승에게 학식이 높고 덕이 깊은 옛 성현의 가르침을 배우는 것은 기쁜 일이다. 배운 것을 스스로 열심히 익히고 실천해서 인격을 완성시켜 나간다면 얼마나 기쁜 일인가.

스승의 명망을 듣고 가까운 곳에 있는 친구들이 모여 함께 배우는 것 또한 즐거운 일이다. 멀리에 있는 친구들까지 와서 함께 학문과 덕을 배우고 함께 토론한다면 그 얼마나 즐거운 일인가.

그러나 다른 사람들이 내 학식이나 덕행, 능력을 인정해 주지 않으면 무척 서운하다. 이렇게 해도 서운하게 여기지 않고 마음이 흔들리지 않는다면, 실제로 드러나는 행동이 점잖고 어질며 덕과 학식이 높은 사람인 군자 아닌가.

학이시습지(學而時習之)면 불역열호(不亦說乎)아.

유붕(有朋)이 자원방래(自遠方來)면 불역락호(不亦樂乎)아.

인부지이불온(人不知而不慍)이면 불역군자호(不亦君子乎)아.

배우고 익히면 기쁘지 아니한가.

벗이 있어 먼 곳에서 찾아오면 이 또한 즐겁지 아니한가.

남이 나를 알아주지 않아도 성내지 않으면 또한 군자 아닌가.

《논어》의 제1편인 〈학이 편(學而篇)〉 첫머리에 실려 있는 공자의 가르침이다.

이 부분은 《논어》의 일반적 이론을 한데 모아 서술한 해설인 총론(總論)이며 결론이라고도 할 수 있다.

공자의 가르침은 사람이 수양할 때 학문과 덕행을 닦는 것에 바탕을 두고 있다. 바꾸어 말하면 학식이 높고 덕이 깊은 스승에게 그 학문과 덕을 배워 익힌 뒤에 "스스로 열심히 자기 몸과 마음을 닦고 수양해서 집안을 바로 잡아[수신제가(修身齊家)], 나라를 잘 다스려 온 세상을 편안케 해야 한다[치국평천하(治國平天下)]"고 강조하는 것이다.

이렇게 학문과 덕행이 높아 깊이 생각하고 예리하게 판단하는 능력을 지닌 사람이 '군자'이다. 공자는 바로 이런 군자를 기르는 데 목적을 두었다.

사전에 '군자'는 "행실이 점잖고 어질며 덕과 학식이 높은 사람"이라고 풀이되어 있다. 또한 '지도력'을 이르는 '리더십(leadership)'은 "무리를 다스리거나 이끌어 가는 지도자로서의 능력"이라고 풀이되어 있다.

공자는 중국 천하에 전쟁과 난리의 검은 구름이 뒤덮이기 시작한 춘추시대에 태어났다. 그래서 공자는 '힘'이라는 '무력(武力)'이 아닌, '어진 덕'이라는 '인덕(仁德)'으로 혼란한 사회를 바로잡으려고 노력했다. 이 '인덕의 정치'를 실현하려면 바람직하고 새로운 인간형인 '군자'가 필요했던 것이다. 그래서 공자는 "배우기만 하고 생각하지 않으면 현실과 동떨어지고, 생각만 하고 배우지 않으면 위험하다"며 실천적 군자를 강조한다.

019

고개 숙인
젊은 선비

어느 맑은 날이었다.

젊은 선비가 친구 집으로 터벅터벅 걸어가고 있었다. 얼마쯤 가다 들판을 지나 언덕 소나무 그늘에 들어가 앉아 쉬었다. 살랑살랑 불어오는 시원한 바람에 땀을 식히며 주위를 둘러보았다.

저쪽에 밭이 있고, 늙은 농부가 누렁소와 검정소 두 마리를 함께 쟁기에 매어 밭을 갈고 있었다.

땀을 식히고 그늘에서 나온 선비가 농부에게 물었다.

"영감님, 그 소 두 마리 중 어느 소가 일을 더 잘합니까?"

대답은 않고 하던 일을 멈춘 농부가 성큼성큼 선비에게 다가갔다. 그 모습을 본 선비는 고개를 갸우뚱했다.

농부는 선비를 데리고, 선비가 쉬던 언덕 소나무 그늘로 갔다. 소나무 그늘에 숨어 고개를 쭉 빼고 소들을 살핀 농부가 선비 귀에 대고 속삭였다.

"저 두 마리 소 중에, 약해 보이는 누렁소가 부지런하고 고분고분 말을 잘 들어 일도 더 잘합죠. 그런데 검정소는 덩치만 크지 게으르고 꾀만 부린답니다요."

이 말을 듣고 선비는 기가 턱 막혔다.

"아니, 영감님. 그까짓 게 무슨 큰 비밀이라고 여기까지 와서 내게 귀엣말을 하는 겁니까?"

"선비님, 그게 아닙니다요. 아무리 말 못하는 짐승이지만 제 흉을 본다면 좋아할 까닭이 있겠습니까요? 저 두 녀석은 일을 잘하건, 못하건 애써 내 집일을 해 주는 녀석들입죠. 그런데 검정소가 못된 녀석이라고 대놓고 떠벌여 기분 상하게 하고 싶지 않아서 이렇게 한 겁니다요."

"아!"

늙은 농부가 한 뜻밖의 말에 젊은 선비는 고개를 푹 숙이며 감탄사를 툭 내뱉었다. 부끄러워서.

이 젊은 선비가 바로 훗날의 황희(黃喜, 1363~1452) 정승이다. 황희는 보잘것없는 늙은 농부의 사려 깊은 말과 행동에 감동을 받아 크게 깨달고, 자기 처세에 큰 거울로 삼았다.

그런 뒤부터 황희는 "세상을 살아가는 데 필요한 지혜는 책 속에만 있는 것이 아니구나!" 하고, 남의 잘잘못을 가리는데 신중을 기했다. 이렇게 해서 다른 사람의 마음을 상하게 하는 일이 없게 말 한마디에도 조심, 행동 하나에도 조심하고 또 조심했다.

호가 방촌(厖村)인 황희는 고려의 마지막 임금인 공양왕과 조선을 세운 임금인 태조, 그리고 정종, 태종, 세종까지 다섯 임금을 모신 어진 신하이며 청백리로서, 오늘날까지 그 이름을 널리 떨치고 있다.

020

음매 음매
음매애

따사로운 햇살이 실바람에 살랑이는 어느 봄날이었다.

고향 집 뒤 설화산에 오르던 선비가 갑자기 걸음을 멈추었다.

'아 아니, 저 저런······.'

저만치에서 사내아이들이 커다란 짐승을 괴롭히면서 신나게 놀고 있었던 것이다.

선비가 자세히 보니 커다란 짐승은 검정소였다. 사내아이 몇이 엎어뜨린 검정소의 배에 올라타자 다른 아이들은 눈을 찌르며 까르르 웃었다.

그런데 어찌 된 일인지 검정소는 시달리면서도 사내아이들에게 아무 대항도 하지 않았다. 아이들이 심한 장난에 몸을 움찔움찔할 뿐이었다.

평소 남의 일에 참견 않는 선비이지만 가만 두고 볼 수가 없었다.

"이 녀석들아, 말 못하는 짐승을 잘 돌보지는 못할망정 그렇게 괴롭히면 되겠느냐. 이런 못된 녀석들, 썩 물러가지 못할까!"

선비가 호통치자 깜짝 놀란 사내아이들은 꽁무니를 빼고 걸음 아 날 살려라 하고 부리나케 달아났다.

사내아이들이 다 사라지자 선비가 다가가서 보니 검정소는 탈 진해 있었다.

"고얀 녀석들, 이런 불쌍한 소를 못살게 굴다니 쯧쯧쯧……."

혀를 찬 선비는 얼른 집으로 가 소죽을 쑤어 와 먹이고 정성을 다해 간호해 주었다.

"음매애……."

기운을 차린 검정소는 꼬리를 치며 선비를 따랐다. 선비는 집에 데려온 소를 정성껏 보살피면서,

"주인 잃은 소가 내 집에 있으니 찾아가시오."

라고 동네방네 소문을 냈다. 그러나 아무도 나타나지 않았다. 선비 는 이 검정소를 자기 수족처럼 아끼면서 한평생 타고 다녔다.

그런 어느 날 선비가 세상을 훌쩍 떠나고 말았다. 그때가 세종 20년인 1438년, 그의 나이 79세였다. 그러자 검정소는 사흘을 먹지 않고,

"음매 음매 음매애……."

울부짖다가 따라 죽었다.

이를 보고 감동한 사람들은 죽은 검정소를 선비 묘 아래에 묻어 주고, 그 이름을 '흑기총(黑麒塚)'이라 했다.

지금까지도 검정소의 무덤인 흑기총은 선비 묘를 벌초할 때 빼놓지 않고 벌초해서 잘 보존되고 있다고 한다.

이 선비가 맹사성이다. 세종이 즉위한 뒤 맹사성은 우의정에, 황희는 좌의정에 올랐다. 그 뒤에 맹사성은 좌의정에, 황희는 영의정에, 허조가 우의정에 올랐다. 이 세 사람은 청렴하고 강직한 성품으로 세종을 뒷받침했다.

맹사성은 소를 타고 다니는 좌상(좌의정)으로도 유명했다. 높은 벼슬에 있으면서도 관리가 타고 다니는 남자 가마를 타지 않고 검정소를 타고 대금을 불면서 출근했기 때문이다. 이 검정소는 그가 잠시 고향에 갔을 때 얻었다고 한다. 그는 한 나라의 재상으로 억울한 백성은 물론, 말 못하는 짐승까지도 정성으로 돌보았다.

021

명상
5분

젊은 사형수가 기둥에 묶였다.

"사형 집행 5분 전!"

사형 집행관은 사형수에게 5분을 주었다.

서른여덟 살인 그는 이 귀중한 시간 5분을 쪼개 썼다. 가족과 친구들에게 작별 인사하는 데 2분, 그동안의 삶을 정리하는 데 2분, 그리고 묻혀 살아온 자연을 돌아보는 데 1분.

한 줄기 바람에 나뭇가지가 흔들리자 수많은 이파리들이 손을 흔들어 주는 것 같았다. 잘 가라고.

"찰카닥!"

탄환을 장전하는 소리가 들렸다.

순간, 죽음의 공포가 밀려와 그는 마른침을 삼켰다.

"꿀꺽!"

그때 말을 탄 전령이 사형장으로 달려왔다. 사형 집행을 중지하라는 황제의 특사령을 가지고.

젊은 사형수는 가슴속으로 커다란 빛줄기가 쏟아져 들어오는 것 같은 기쁨을 맛보았다.

풀려난 젊은 사형수는 유배지에서 깊은 명상을 하며 자기를 정리하고 마음을 닦았다. 그러면서 심혈을 기울여 감동 소설들을 발표해 문단에 큰 반향을 불러일으켰다. 사형장에서 했던 5분 동안의 명상이 그의 몸과 마음을 거듭나게 했던 것이다.

젊은 사형수, 바로 그가 《카라마조프가의 형제들》, 《죄와 벌》 등 대작을 남긴 제정 러시아의 소설가 도스토옙스키(Dostoevsky, Fyodor Mikhailovich, 1821~1881)이다. 그는 19세기 러시아 리얼리즘 문학의 대표자로, 인간 심리 내면에 깃든 병적이고 모순된 세계를 밀도 있게 해부해 현대 소설에 큰 영향을 끼쳤다.

022

어떤
삶

나는 어떤 삶을 살려 하는가?

평범 속의 평범한 삶?

이런 삶은 평범 속에 묻혀서 어떤 비범한 일도 못하고 인생을
마감한다.

비범 속의 위험한 삶?

이런 삶은 너무 비범하려고 애쓰다가 인생을 망친다.

평범 속의 비범한 삶?

이런 삶이 바로 현자(賢者)의 삶이다. 현자란 어질고 총명해서 성
인에 다음가는 사람을 이르는 말이다. 이런 삶을 사는 사람은 비범
하면서도 평범한 모습으로 사람들 속에서 뭇사람처럼 평범하게 산
다. 그러나 사람들은 그가 누구인지 아무도 모른다. 남들이 자신을
가득가득 채우려 할 때 이 사람은 자신을 비우고 또 비운다. 비어

있는 그는 다함이 없고, 비어 있기 때문에 언제나 새롭다.

　노자(老子)는 이런 사람을 "무위이무불위(無爲而無不爲)"라고 했다. "아무것도 하지 않으면서, 하지 않는 것이 없다", "억지로 무엇을 하려고 하지 않지만, 이루어지지 않는 것이 없다"는 말이다. 조금 비튼다면 "멋대로 하면, 안 되는 일이 없다"는 말이다. 그래서 노자는 '바람직한 일'보다 '바라는 일'을 하고, '해야 하는 일'보다 '하고 싶은 일'을 하며, '좋은 일'보다는 '좋아하는 일'을 하라고 강조한다.

　바로 이것이 '평범 속의 비범'이다.

　그런데 이런 사람의 비범은 전혀 번쩍거리지 않는다. 그래서 그의 비범은 절대로 위험하지 않다. 그는 보아도 보이지 않고, 들어도 들리지 않는다.

　왜?

　그의 모습은 평범해 보잘것없으니 눈에 보이지 않고, 귀에 들리지도 않기 때문이다. 또한 그는 아무리 써도 다함이 없기 때문이다.

　왜?

　늘 비어 있기 때문이다.

　도상무위이무불위(道常無爲而無不爲), 후왕약능수지(侯王若能守之), 만물장자화(萬物將自化), 화이욕작(化而欲作), 오장진지이무명지박(吾將鎭之以無名之樸), 무명지박(無名之樸), 부역장무욕(夫亦將無欲), 불욕이정(不欲以靜), 천하장자정(天下將自定).

도란 억지로 무엇을 하려고 하지 않지만, 이루어지지 않는 것이 없다. 다스리는 임금이나 제후(諸侯)가 이를 지키면 세상 만물은 스스로 잘 길러진다. 이를 따르면서도 순박함을 주어 욕심을 누른다. 이름 없는 순수함이란 욕심이 없는 것이다. 욕심이 없으면 고요한 세상은 저절로 바르게 된다. 욕심이 없으면 고요해지고 온 세상은 스스로 편안해진다.

《도덕경(道德經)》제37장에 실려 있는 노자의 가르침이다.

'무위이무불위'는 바로 여기, "도상무위이무불위"에서 나왔다. "도란 아무것도 하지 않으면서, 하지 않는 것이 없다", "도란 억지로 무엇을 하려고 하지 않지만, 이루어지지 않는 것이 없다"는 말이다. 여기에서 노자의 가르침은 '무위(無爲)'로 집약된다. '무위'란 '무위자연(無爲自然)'으로, 억지로 무엇을 하지 않고 꾸밈없이 순수하게 자연을 거스르지 않고 순리에 따르는 삶을 산다는 말이다. 노자의 이 말은 누가 간섭하지 않아도 때가 되면 어김없이 스스로 잘 이루어지는 자연법칙을 '도'로 설명한 것이다. 그러므로 다스리는 임금이나 제후가 이를 지키면 세상 만물은 스스로 잘 길러진다는 것이다.

때가 되면 자연은 스스로 계절을 바꾼다. 겨울이 지나고 봄비가 내리면 싹이 나고 자라 꽃이 피고 지면 여름 볕으로 열매가 달리고 익어 가을에 수확한다. 임금이나 제후가 이를 지키지 않으면, 자연

을 보호한다면서 가한 인공의 힘이 생태를 파괴해서 오히려 홍수
나 가뭄 같은 해를 입는 것과 같다.

노자(老子, ?~?)는 중국 춘추시대의 사상가이다. 초(楚)나라 사람으
로, 성은 이(李), 이름은 이(耳), 자는 담(聃)·백양(伯陽)이다. 도가(道家)
의 시조로서, 상식적인 인의(仁義)와 도덕에 구애되지 않고 만물의 근원
인 도를 좇아서 살 것을 역설하고 무위, 무위자연을 존중했다. 《노자도
덕경(老子道德經)》,《도덕경》이라고도 하는 《노자(老子)》에 그 사상이
담겨 있다.

023

돼지와
부처

어느 날 조선 태조(太祖) 이성계(李成桂)가 큰 잔치를 벌였다.

"드디어 한양 새 도읍지에 도성이 완성되었소. 이 자리에 모인 무학 대사(無學大師)와 대신들, 모두 수고 많으셨소. 오늘은 기쁜 날이니 골치 아픈 나랏일은 접어두고 농담도 하면서 편히 즐기십시다."

이성계가 먼저 말문을 텄다.

"대사, 지금 짐이 보니 대사는 돼지로 보입니다그려."

이성계가 건넨 농담에 대신들이 껄껄 웃었다. 그러나 무학 대사는 이 말을 듣고 눈을 껌뻑이다가 덤덤하게 말했다.

"지금 소승이 보니 상감마마께서는 부처님으로 보이옵니다."

이 말을 듣고 농담을 건넨 이성계가 당황해서 물었다.

"짐은 대사를 돼지라고 했는데, 왜 대사는 짐을 부처님이라 하는 것이오?”

그러나 무학 대사는 태연하게 대답했다.

“돼지 눈에는 돼지만 보이고, 부처님 눈에는 부처님만 보이기 때문이옵니다.”

이 말을 듣고 얼굴이 하얘진 대신들은 웃음을 뚝 그치고 이성계 눈치를 살폈다. 흥겹던 잔치 분위기는 찬물을 끼얹은 듯이 조용해졌다. 그러나 이성계는 껄껄껄 웃었다.

이 모습을 본 무학 대사가 빙그레 웃었다.

세상 모든 만물은 본래 눈으로 보는 것보다 마음으로 보는 것이 더 진실성이 있다. 그래서 돼지의 마음으로 보면 세상 모든 만물은 돼지처럼 보이고, 부처님 마음으로 보면 세상 모든 만물은 부처님처럼 보인다.

이 말에는,

“세상은 내가 보고 싶은 대로 보인다. 그러니 자기 기준으로만 모든 것을 판단하려는 선입견을 버려라.”
하는 깊은 뜻이 숨어 있다.

이성계, 한 나라의 임금인 자기가 졸지에 부처 아닌 돼지가 되었으니 기가 턱 막혔을 것이다. 그러나 돼지가 된 이성계는 속 좁은 돼지처럼 무학 대사에게 벌을 내리지 않았다. 대신 껄껄껄 웃음으로 상황을 접었다.

‘대사가 한 말은 다 과인이 잘되라고 한 말이로다. 과연 무학 대

사로다. 과인이 대사에게 한 수 배웠도다!'

이성계는 통 크게 무학 대사의 말과 뜻을 받아들였다. 고려를 무너뜨리고 새 나라 조선을 세운 태조답게.

조선 태조 이성계(李成桂, 1335~1408)는 함경도 영흥 출신으로, 초자는 중결(仲潔), 자는 군진(君晋), 호는 송헌(松軒)·송헌거사(松軒居士)이다. 무장으로 고려 말에는 왜구의 침입을 물리치는 등 크게 활약했다. 위화도 회군을 계기로 개혁파 사류(改革派士類)와 함께 고려를 무너뜨리고 1392년 왕위에 올라 그 이듬해에는 조선을 세웠다.

무학 대사(無學大師, 1327~1405)는 고려 말 조선 초기의 승려이다. 성은 박(朴), 이름은 자초(自超), 법명은 무학·계월헌(溪月軒)이다. 조선을 건국한 태조 이성계에 의해 왕사가 되었고, 이성계는 무학 대사의 의견을 받아들여 삼각산 아래에 도읍을 정했다.

024

왜 고독해야
하는가

　사람이 진리를 지키면서 살아간다면 분명 고독하다. 도덕군자
(道德君子)의 길을 택한 사람은 남을 의식하지 않고 순간순간을 스
스로 진실하게 살려고 노력한다. 그래서 그는 고독할 수밖에 없다.
그러나 그의 고독은 한때만 고독할 뿐이다.

　권력에 아부하면 몸은 편안하게 살 수 있다. 그러나 정신적으로
는 영원한 고독 속에서 살아야 한다. 참된 인생이 무엇인지 스스
로 깨달은 사람은 부귀영화에 유혹당하지 않고 보다 높고 더욱 큰
이상을 품고 산다. 참으로 가치 있는 인생을 살려면 박해나 고독을
두려워하지 마라. 재물과 권력을 얻고 자기 순수한 양심을 포기한
사람은 세상이 바뀌면 그 이름도 곧 잊혀진다.

　서수도덕자(棲守道德者)는 적막일시(寂寞一時)하나, 의아권세자

(依阿權勢者)는 처량만고(凄凉萬古)니라. 달인(達人)은 관물외지물(觀物外之物)하고 사신후지신(思身後之身)하나니, 영수일시지적막(寧受一時之寂寞)이언정 무취만고지처량(毋取萬古之凄凉)이라.

도덕을 지키면서 사는 사람은 한때 적막할 뿐이나, 권세에 의지해 아부하는 사람은 아주 오랜 세월 동안 처량하다. 달인은 물욕에서 벗어나 진리를 보고 자기가 죽은 뒤에 남을 명예를 생각하나니, 차라리 한때 적막을 겪을지언정, 아주 오랜 세월 동안 처량을 취하지 마라.

《채근담(菜根譚)》〈전집(前集)〉에 실려 있는 가르침이다.

우리 속담에 "사람은 죽으면 이름을 남기고 범은 죽으면 가죽을 남긴다"고 했다. 호랑이가 죽은 다음에 귀한 가죽을 남기듯이 사람은 죽은 다음에 생전에 쌓은 공적으로 명예를 남기게 된다는 뜻으로, 인생에서 가장 중요한 것은 생전에 보람 있는 일을 해놓아 후세에 명예를 떨치는 것임을 비유적으로 이르는 말이다.

재물과 권력은 죽고 나면 덧없이 사라진다. 오직 남는 것은 참된 명예뿐이다. 그 옛날 불행하게 살았지만 오늘날까지 존경과 흠모를 받는 선현(先賢)이 많다. '선현'이란 '선철(先哲)', "옛날의 어질고 사리에 밝은 사람"이다. 백이(伯夷)와 숙제(叔齊)가 그런 선현이다. 백이와 숙제는 중국 주(周)나라의 전설적인 형제 성인(兄弟聖人)이다. 주나라 무왕(武王)이 은(殷)나라 주왕(紂王)을 멸하자 신하가 천자(天子)를 토벌한다고 반대하며 주나라의 곡식을 먹기를 거부하고, 서우양산[수양산(首陽山)]에 들어가 숨어 살면서 고사리를 캐어 먹고 지내다가 굶어 죽었다. 유가에서는 이들을 청절지사(淸節之士)로 크게 높였다.

　이런 위인들은 당시에는 온갖 중상과 모략을 받으며 역경 속에서 힘들게 살았다. 그러나 지조를 굽히지 않아 세월이 흐른 뒤에 '그분은 참으로 귀한 가르침을 남기셨구나' 하면서 고개를 숙이게 한다.

　진정한 고독이 무엇인가, 나라를 다스리는 사람은 왜 고독해야 하는가를 깨닫게 해 준다.

　《채근담(菜根譚)》은 홍자성(洪自誠, ?~?)이 지은 어록집이다. 홍자성에 대한 기록은 전해지지 않지만 중국 명나라 말기 사람으로, 본명은 홍응명(洪應明), 호는 환초도인(還初道人)이다.

　《채근담》은 유교를 중심으로 불교·도교를 가미해 처세법을 가르친 경구적(警句的)인 단문 350여 조로 되어 있다. 검소한 생활 태도 속에 충실한 인생이 있다는 진리를 일깨워 주는 값진 내용이 담겨 있다. 전집에서는 주로 사람들과 교류에 대한 도인 사관(仕官)·보신(保身) 등의 도를 설명했다. 후집(後集)에서는 벼슬을 물러난 뒤 산림 한거의 즐거움을 설명했다.

'채근'이란 채소의 뿌리처럼 맛없고 거칠며 보잘것없는 음식을 비유적으로 이르는 말이다. '채소 뿌리'라는 '채근(菜根)'의 의미는 송(宋)나라 왕신민(汪信民)의 "사람이 항상 채근을 먹을 수 있다면 만사가 잘 이루어질 것이다"라는 말에서 나와, "채소의 뿌리처럼 담백한 이야기를 담고 있다"는 의미로 지어진 제목이라 한다.

025

넌
누구냐?

유대인을 무지무지 싫어하는 로마 황제가 있었다.

어느 날 황제가 시내를 지나가는데 한 사람이 와서 정중하게 인사를 했다.

"황제 폐하, 안녕하시옵니까?"

"넌 누구냐?"

황제가 묻자 인사를 한 사람이 대답했다.

"저는 유대인이옵니다."

"뭐라, 유대인. 감히 유대인 주제에 황제에게 인사를 하다니, 호위대장!"

화를 버럭 낸 황제가 호위대장을 불렀다.

"폐하, 부르셨사옵니까?"

"저 유대인을 끌고 가서 당장 사형에 처하라!"

이 소문은 순식간에 온 나라에 쫘악 퍼졌다.

"세상에, 어찌 그런 일이!"

소문을 들은 유대인들은 감히 황제에게 인사를 할 수가 없었다. 황제의 행차를 보면 멀리 피해 돌아가기까지 했다.

이런 일이 있은 지 어느덧 한 달이 지났다.

그날도 황제는 시내를 지나가고 있었다. 그런데 갑자기 황제가,

"어라? 저놈이!"

하고 화를 냈다. 자기가 지나가는데도 인사를 하지 않는 사람이 눈에 띄었기 때문이다. 그래서 황제가 호위대장을 불렀다.

"네, 폐하. 부르셨사옵니까?"

"저기 모가지가 뻣뻣한 녀석이 있다. 어서 가서 저 녀석을 잡아 오너라!"

호위대장은 부하들을 시켜 그 사람을 잡아왔다.

"넌 누구냐?"

"유 유대인입니다요."

"뭐야, 유대인이라고. 아니, 감히 유대인 주제에 황제에게 인사를 안 하다니, 괘씸하구나. 호위대장, 저 유대인을 끌고 가서 당장 사형에 처하라!"

바로 그때 황제 곁에 서 있던 신하가 물었다.

"황제 폐하. 폐하께서는 지난달에 폐하께 인사를 한 유대인을 사형에 처하셨사옵니다. 그런데 오늘은 인사를 하지 않은 유대인도 사형에 처하라 하시니, 도대체 그 이유가 무엇이옵니까?"

그러자 황제가 대답했다.

"그 그건……. 흐흠, 인사를 했건, 안 했건 짐이 사형에 처하라고 명령한 것은 모두 똑같은 이유에서요. 짐은 유대인이 싫소. 그래서 짐은 어떻게 해서라도 짐이 싫어하는 유대인을 없애고, 유대인과 관련된 모든 것들을 없애 버리고 싶으니까 그렇게 한 거란 말이오. 짐이 한 일은 다 옳소. 그대는 잘 모르겠지만 짐은 유대인을 다루는 방법을 잘 알고 있소이다."

"……."

《탈무드》에 실려 있는 가르침이다.

이 황제 마음속에는 온통 유대인에 대한 편견과 증오뿐이다. 유대인이 인사를 하고 안 한 것이, 유대인이 옳고 그른 것이 문제가 되지 않는다. 황제는 오직 자기의 편견에서 나온 증오심으로 권력을 휘두른 것이다. 객관적 판단이 아닌 주관적 감정에 따라 권력을 휘두른 것이다. 선을 선으로 보지 못하고 악을 악으로 보지 못하는 황제여, 넌 누구냐?

《신약성경》〈테살로니카 신자들에게 보낸 첫째 서간〉 제5장 15절에,

"아무도 다른 이에게 악을 악으로 갚지 않도록 주의하십시오. 서로에게 좋고 또 모든 사람에게 좋은 것을 늘 추구하십시오."

라고 했다. 선을 선으로 갚고, 악까지도 선으로 갚으라고.

마음속에 온통 유대인에 대한 편견과 증오뿐인 황제여, 선을 선
으로 갚고, 악까지도 선으로 갚아라!

〈테살로니카 신자들에게 보낸 첫째 서간〉은 사도 바오로가 쓴 첫 서
간으로, 현존하는 《신약성경》의 글들 가운데 가장 오래된 글로 여겨진
다. 〈테살로니카1서〉, 〈테살로니카전서〉라고도 하는데, 공동번역성서
에서는 〈테살로니카 신자들에게 보낸 첫째 편지〉로 번역했다.

이 서간은 코린토로 온 바오로가 동료 실바누스와 디모테오에게 받
은 편지를 바탕으로 테살로니카 신자들에게 썼다. 테살로니카 교회가
심한 박해를 받는다는 소식을 듣고 바오로가 용기를 주기 위해 편지를
쓴 것으로 추정된다.

026

그들을
친구로 삼으면

대통령에 당선된 링컨은 내각을 구성하면서 여당인 공화당뿐만 아니라 야당인 민주당 정치인 중에서도 뜻만 맞으면 요직에 기용했다. 링컨은 잘 알고 있었다. 최고의 라이벌이야말로 최고의 실력자라는 것을.

웅변가인 윌리엄 헨리 수어드(William Henry Seward, 1801~1872)는 당시 공화당 실세였다. 그리고 링컨(Abraham Lincoln)의 가장 큰 라이벌이었다. 수어드는 좋은 집안에서 자라 친화력이 무척 좋았고 노예제도 폐지론자들의 우두머리였다. 그는 '어느 시대에서도 성공할 정치가'라는 평을 받고 있었다. 수어드의 정치적 입지로 보면 가난한 집안 출신으로 무명 변호사였던 링컨과는 비교할 수도 없었다. 그런데 1860년 5월 공화당 전당대회에서 그를 이긴 링컨이 대통령 후보로 지명되었다. 그해 11월 대통령에 당선 된 링컨은 그를 국무장관에 임명했다. 링컨은 자기보다 더 유명하고, 더 많은 교육을 받았으며, 공직 생활 경험도 풍부한 수어드의 능력을 인정했던 것이다.

또 다른 경쟁자인 에드워드 베이츠(Edward Bates, 1793~1869)는 법무장관에 임명했다. 그는 보수적인 판사 출신이며 미주리 주의 유명한 노(老) 정치인이었다. 링컨은 그에게,

"완벽하게 성공을 거두려면 반드시 당신이 함께해야 합니다."

라고 설득했다. 한때 그는 링컨에게 무능하다고 비판했었다. 그러나 링컨은 그런 것은 마음에 담아두지 않았다.

그리고 새먼 P. 체이스(Salmon P. Chase, 1864~1873)를 재무장관으로 임명했다. 그는 오하이오 주지사로 영향력을 떨치던 정치가인데 줄곧 링컨을 비난했었다.

또한 링컨은 에드윈 맥마스터스 스탠턴(Edwin McMasters Stanton, 1814~1869)을 국방장관에 임명했다. 그는 변호사 시절부터 기회가 있을 때마다 링컨을 얕잡아 보고 무례한 말과 행동을 서슴지 않았다. 심지어 링컨의 외모와 옷차림을 빗대어,

"여러분, 우리는 고릴라를 만나려고 아프리카에 갈 필요가 없습니다. 일리노이 주에 가면 링컨이라는 고릴라를 만날 수 있기 때문입니다."

라고 조롱하고 놀리기까지 했다. 그 뒤 대통령이 된 링컨이 자기를 험담하던 스탠턴 변호사를 국방장관에 임명하자 주위 모든 참모들이 놀랐다. 왜냐하면 링컨이 대통령에 당선되자,

"링컨이 대통령에 당선된 것은 국가적인 재난이다."
하고 공격한 사람이 바로 스탠턴이었기 때문이다. 그래서 링컨 대통령 참모들은,

"스탠턴을 국방장관에 임명하는 것만큼은 재고해 주십시오."
라고 건의했다. 그러나 그는 국방장관에 임명되었고, 링컨 대통령과 함께 국가적 위기를 잘 극복하면서 많은 일을 해냈다.

"오는 말이 고와야 가는 말이 곱다"라는 속담이 있다. 친구가 나에게 좋지 않게 대해도 그 친구에 대한 칭찬을 자꾸 하면, 나를 나쁘게 보았던 친구 마음이 나를 좋게 보는 마음으로 바뀐다. 틀림없이.

미국 제16대 대통령 링컨은 반대하는 사람들에게도 늘 정중하고 친절했다. 그런 그를 보고 친구들이,

"어리석은 짓 하지 말게."
라고 하면 링컨은,

"그들을 친구로 삼으면 반대자들은 없어질 걸세."
라고 하며 대수롭지 않게 말했다.

정말 그랬다. 수어드는 처음에 링컨을 명목상 상관으로 여겼다. 그러나 몇 달 만에 가장 친한 친구이자 대통령의 오른팔 역할을 한 훌륭한 조언자가 되었다. 스탠턴은 링컨을 헐뜯고 '고릴라'라며 조롱했다. 그러나 그는 링컨이 암살되었을 때 가장 슬퍼했다. 링컨이 죽자 그는 통곡하며 말했다.

"여기, 세상에서 가장 위대한 사람이 누워 있습니다."
라고.

진정한 지도자는 최고의 라이벌까지도 내 편으로 만드는 관용과 포용의 리더십을 지녀야 한다.

에이브러햄 링컨(Abraham Lincoln, 1809~1865)은 미국 제16대 대통령이다. 남북전쟁에서 북군을 지도해 1862년 민주주의의 전통과 연방제를 지키고 1863년 노예해방을 선언했다. 1864년 대통령에 재선되었으나 1865년 4월 암살당했다. 게티즈버그에서 행한 연설 가운데 "국민의, 국민에 의한, 국민을 위한 정부"라는 말은 민주주의의 참모습을 보여 준 것으로 유명하다.

027

많으면
많을수록

중국을 통일한 한(漢)나라 고조(高祖) 유방(劉邦)이 장군 한신(韓信)과 여러 장군들 능력에 대해서 이야기할 때였다.

"그대가 보기에 짐은 군사를 얼마쯤 거느릴 수 있겠는가?"

유방이 묻자 한신이 대답했다.

"폐하께서는 십만을 거느리실 수 있사옵니다."

"그렇다면 그대는 군사를 얼마쯤 거느릴 수 있겠는가?"

"소장은 많으면 많을수록 더욱 좋사옵니다."

"허허, 많으면 많을수록 좋다. 다다익선(多多益辦)이란 말인가?"

"그렇사옵니다, 폐하."

"그렇다면 한신, 그대는 어찌하여 십만 군사밖에 거느리지 못할 과인에게 포로가 되었는가?"

"폐하께서는 십만 군사를 이끄는 장군이 아니라, 그런 장군 십만을 이끄시는 분이시옵니다. 이건 하늘이 폐하께 내리신 능력이고, 소장이 폐하의 포로가 된 이유이옵니다."

《사기(史記)》〈회음후열전(淮陰侯列傳)〉에 실려 있는 가르침이다.

이렇게 군사를 이끄는 능력을 말하면서 만들어진 고사성어 '다다익선'은 오늘날에도 여러 방면에서 많을수록 더욱 좋다는 뜻으로 두루두루 쓰이고 있다.

《사기(史記)》는 중국 한나라의 사마천(司馬遷, B.C. 145?~B.C. 86?)이 상고(上古)의 황제부터 전한(前漢) 무제까지 역대 왕조의 사적을 엮은 역사책이다. 중국 이십오사의 하나로, 중국 정사(正史)와 기전체의 효시이며, 사서(史書)로서 높이 평가될 뿐만 아니라 문학적인 가치도 높다. 본래 사마천 자신이 붙인 이름은 《태사공서(太史公書)》였으나, 후한 말기에 이르러 《태사공기(太史公記)》로도 불리게 되었다. 이 《태사공기》의 약칭인 《사기》가 정식 명칭으로 굳어졌다.

028

보름
뒤에

어느 날 한 아주머니가 소년을 데리고 간디(Mohandas Karamchand Gandhi)를 찾아왔다. 아주머니는 어머니이고, 소년은 아들이었다.

어머니가 간디에게 말했다.

"선생님, 제발 도와주세요."

"네, 도와드리죠. 제가 무엇을 도와드리면 되겠습니까?"

간디가 온화한 표정으로 묻자 어머니가 대답했다.

"제 아들을 도와주세요. 제 아들이 설탕을 너무 좋아하거든요. 건강에 나쁘다고 아무리 타일러도 제 말은 듣지 않습니다. 그런데 제 아들이 선생님을 존경한답니다. 그래서 선생님께서 설탕을 끊으라고 하시면 끊겠다고 했습니다."

잠시 아들을 바라보며 무엇인가를 생각한 간디가 부드러운 목소리로 어머니에게 말했다.

"제가 아드님을 도와드릴 테니, 보름 뒤에 다시 오십시오."

어머니는 간디에게 다시 간청했다.

"저희는 선생님을 뵈러 아주 먼 길을 걸어왔습니다. 제발 그냥 돌려보내지 마십시오. 지금 제 아들에게 설탕을 먹지 말라고 한마디만 해 주십시오."

간디는 아들을 지그시 바라보고 말했다.

"보름 뒤에 다시 아드님을 데려오시면 꼭 도와드리겠습니다."

어머니는 간디가 야속하기까지 했지만 어쩔 수 없어서 아들을 데리고 돌아갔다.

보름 뒤 어머니는 아들을 데리고 다시 간디를 찾아왔다.

간디가 아들에게 말했다.

"얘야, 설탕을 많이 먹으면 건강에 해로우니 안 먹는 게 좋겠구나. 나와 약속할 수 있겠지?"

"네, 선생님. 약속해요. 그렇게 할게요."

이런 아들을 본 어머니가,

"간디 선생님, 고맙습니다. 정말 고맙습니다."

하고 인사했다. 그러고 나서 물었다.

"선생님, 궁금한 게 있습니다. 지난번에 제가 아들을 데리고 선생님을 찾아뵈었을 때, 왜 보름 뒤에 다시 오라 하셨습니까?"

간디가 대답했다.

"실은 저도 그때 설탕을 좋아했습니다. 그때까지만 해도 저는 설탕을 많이 먹었지요. 그래서 아드님에게 설탕을 먹지 말라고 할 수 없었답니다. 그때 저는 아드님을 도우려면 어떻게 해야 할까 생각했습니다. 그리고 결심했지요. 아드님에게 설탕을 먹지 말라고 하기에 앞서 제가 먼저 설탕을 끊어야겠다고요. 그 뒤에 저는 말씀드렸던 보름 동안 설탕을 끊었습니다. 그래서 이제야 아드님에게 설탕을 먹지 말라고 한 거랍니다"

힘은 행동에서 나온다고 했다. 또한 리더의 능력은 언행일치(言行一致)에서 나오고, 리더는 삶으로 말한다고 했다. 간디처럼.

모한다스 카람찬드 간디(Mohandas Karamchand Gandhi, 1869~1948)는 인도의 정치가·민족 운동 지도자로, 인도의 정신적·정치적 지도자이다. 영국 런던 대학에서 법률을 배운 뒤 남아프리카 원주민의 자유 획득을 위해 활동했고, 1915년에 귀국해 무저항·불복종·비폭력·비협력주의에 의한 독립운동을 지도했다. 제2차 세계대전 뒤 힌두·이슬람 양 교도의 융화에 힘썼으나 실패하고 한 힌두교 청년에게 암살되었다. '마하트마 간디(Mahatma Gandhi)'로 널리 알려져 있다. '마하트마'는 "위대한 영혼"이라는 뜻으로, 인도의 시인 타고르(Rabīndranāth Tagore, 1861~1941)가 지어준 이름이다. 인도 화폐인 루피에도 그의 초상화가 그려져 있다.

029

누가 천하를
통일하겠습니까?

어느 날 양(梁)나라 혜왕(惠王)이 맹자에게 물었다.

"앞으로 세상은 어떻게 돌아갈 것 같습니까?"

맹자가 대답했다.

"천하는 반드시 통일될 것이옵니다."

혜왕이 다시 물었다.

"그렇다면 여러 제후 중에서 누가 천하를 통일하겠습니까?"

맹자가 다시 대답했다.

"사람 죽이기를 좋아하지 않는 제후가 천하를 통일할 것이옵니다."

"그 이유가 뭡니까?"

"땅을 갈고 뿌린 곡식의 씨앗은 싹을 틔우옵니다. 날이 가물면 싹은 마르고, 하늘이 먹구름을 일으켜 충분하게 비를 내리면 말랐던 싹이 쑥쑥 자라나이다. 이렇게 자라는 싹의 기세를 누가 막을 수 있겠사옵니까. 오늘날 사람 죽이기를 좋아하지 않는 임금이 없사옵니다. 영토를 늘리려는 욕심에 백성들을 전쟁터로 내몰아 죽게 만들고, 온갖 부역에 백성들을 동원해 지쳐 죽게 만드나이다. 그러니 백성들은 언제 죽을지 몰라 불안에 벌벌 떨고 있사옵니다. 만일 사람 죽이기를 좋아하지 않는 임금이 있다면, 마치 물이 낮은 데로 흘러가듯 온 천하 백성들이 그 임금에게로 몰려갈 것이옵니다. 그 누가 이 대세를 막겠사옵니까?"

《맹자》〈양혜왕 편 하(梁惠王篇 下)〉에 실려 있는 맹자의 가르침이다.

패도(覇道), 즉 힘의 정치는 단기적으로 보면 효율적으로 백성을 제압할 수는 있으나, 장기적으로 보면 백성의 저항과 반발을 일으켜서 오히려 정치적 혼란과 사회적 불안을 불러일으킨다. 그러나 인정(仁政), 즉 너그러움의 정치는 장기적으로 볼 때 오히려 광범위한 백성의 관심과 지지를 얻을 수 있다.

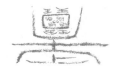

맹자가 살았던 중국 전국시대에는 철기의 확산으로 생산력이 급격하게 상승했다. 그래서 제후들 사이에 치열한 영토 쟁탈전이 벌어졌다. 전쟁이 끊이지 않는 혼란한 시대에 맹자는 제후국들을 두루 돌아다니며 각국 군주들에게 너그러움의 정치인 '인정'을 강조했다. 이를 근거로 사람의 본성은 선천적으로 착하지만 나쁜 환경이나 물욕(物慾)으로 악하게 된다는 '성선설(性善說)'을 제시했다. 그리고 그는 잔혹한 군주는 임금으로 인정할 수 없으며, 폭군은 임금의 자리에서 내쳐도 좋다고 역설했다. 또한 백성을 군주 위에 두는 '민본주의(民本主義)'와 영토를 넓히려는 군주의 욕망보다 백성의 삶이 우선해야 한다는 '위민정치(爲民政治)'를 제시했다.

04

배려 편

030

자기 처지를
바꾸어

착한 일을 하면 좋은 일이 생기고 복도 받는다고 한다. 이것이 배려(配慮)의 힘이다. 남을 도와주거나 보살펴 주려고 마음을 쓰는 것이 배려이기 때문이다.

같은 뜻을 가진 고사성어가 '역지사지(易地思之)'이다. 자기 처지를 바꾸어 상대방 처지에서, 나보다 먼저 상대방을 생각하고 이해한다는 뜻이다. "걱정을 해서 걱정이 없어지면 걱정이 없겠네"라는 티베트 속담도 되새겨 보면 좋겠다.

중국의 전설적인 성현 하우(夏禹)와 후직(后稷)은 태평한 세상 어느 날에 자기 집 문 앞을 세 번씩이나 지나갔다. 그러나 집에는 들어가지 않았다. 하우는 물에 빠진 백성이 있으면 자기가 물을 다스리지 못해 그들이 물에 빠진 것이라 생각했다. 후직은 굶주리는 백성이 있으면 자기가 일을 잘못해 그들이 굶주린다고 생각했다. 그래서 자기 집 문 앞을 세 번씩이나 지나갔지만 집에는 들어가지 않고 바쁘게 서둘렀던 것이다.

공자는 이렇게 백성들을 위해 헌신한 하우와 후직을 매우 훌륭하게 생각했다.

안회(顔回)는 어지러운 세상에 누추한 골목에서 밥 한 그릇과 물 한 바가지로 끼니를 때우며 살았다.

공자는 이렇게 가난한 생활을 버리지 않고 오히려 '도'로 즐긴 안회를 칭찬했다.

공자가 하우와 후직를 훌륭하게 생각하고 안회를 칭찬한 것은, 이 셋이 같은 뜻을 가졌기 때문이다.

이에 대해서 맹자가 말했다.

"하우와 후직과 안회는 각자 자기 처지가 바뀌어도 모두 그렇게 했을 것이다[우직안자 역지즉개연(禹稷顔子 易地則皆然)]."

《맹자》〈이루 편 하〉에 실려 있는 가르침이다.

역지사지는 '역지즉개연'에서 유래한 것으로 알려져 있다.

'역지즉개연'은 처지가 바뀐다 해도 하는 것은 서로 같다는 뜻인데, 처지가 바뀌어도 (모두) 그렇게 했을 것이라고 풀이했다.

맹자는 옛 성현들이 드러낸 방식은 다르지만 결국 같은 도를 지향한다고 생각했다. 그래서 하우와 후직, 안회의 자세를 통해 사람이 나아가야 할 올바른 길을 말했다. 자기 처지를 바꾸어 상대방 처지에서 헤아려야 한다고 강조한 말이다.

사전에 '배려'는 "도와주거나 보살펴 주려고 마음을 씀"이라고 풀이되어 있다.

하우(夏禹)는 중국 고대 전설상의 임금이다. 곤(鯀)의 아들로 치수(治水)에 공적이 있어 중국 태고(太古)의 천자인 순(舜)임금에게 왕위를 물려받아 하(夏)나라를 세웠다고 한다.

후직(后稷)은 중국 주(周)나라의 전설적 시조이다. 성은 희(姬), 이름은 기(棄)이다. 후직은 순임금 때 농사를 담당했던 관리들의 우두머리를 칭하는 벼슬 이름이었지만 나중에 기의 이름이 되었다.

안회(顔回, B.C. 521~B.C. 490)는 중국 춘추시대의 유학자이다. 자는 자연(子淵), 안자(顔子)는 그를 높여 이르는 말이다. 공자의 수제자로 학덕이 뛰어났다.

031

누구시라고
했소?

어느 늦은 밤이었다.

모두 잠잘 시간이었다.

남편이 여왕에게 함께 산책을 하자고 말했다. 그러자 여왕은 고개를 저으며 말했다.

"시간이 너무 늦었어요."

"우리 둘만 산책할 건데 시간은 따져 무엇하겠소?"

"저는 여왕입니다. 하지만 제 시간을 제 마음대로 못쓴다는 것을 잘 아시잖아요."

"우리, 부부 맞소? 휴우……. 이런 궁전 생활, 정말 재미없소."

남편이 한 말에 여왕은 속으로 깜짝 놀랐다.

'어머나, 이런. 내가 나랏일에 바빠 정작 아이들 아버지인 내 남편에겐 무심했구나!'

이런 생각이 들자 여왕이 남편에게 내일 아침 일찍 산책을 하자고 다정하게 말했다. 그러나 남편은 이미 마음이 닫혀 있었다.

"쾅!"

남편은 마음만 닫은 것이 아니라 방문도 굳게 닫아 버렸다. 여왕에게는 화낼 수가 없어 방에 들어가 문을 잠가 버렸던 것이다.

'내가 잘못했어. 만백성을 사랑한다면서 막상 내 남편은 헤아리지 못한 게야.'

여왕은 이런 생각을 하며 밤새 뒤척였다.

다음 날 이른 아침이었다.

여왕은 남편에게 사과하려고 직접 쟁반에 따뜻한 차를 챙겨 들고 남편이 있는 방으로 갔다. 그 방 앞에 있는 작은 탁자에 쟁반을 내려놓고 문을 두드렸다.

"똑똑."

"누구시오?"

차가운 목소리가 방 안에서 문밖으로 튀어나왔다.

"여왕이에요."

그러나 문은 열리지 않았다.

'어머, 화가 단단히 나셨네.'

놀란 가슴을 쓸어내린 여왕은 다시 방문을 두드렸다.

"똑똑똑."

"누구쇼?"

차가운 목소리는 방 안에서 더 거칠게 문밖으로 튀어나왔다.

"여왕이에요."

이번에도 방문이 열리지 않자 여왕은 도리어 화가 났다. 여왕은 자기 방으로 와 화장대 앞에 앉아 거울을 들여다보았다. 마음이 어두우니 얼굴도 어두웠다.

'이러면 안 돼. 어떡하든 화해하고 웃는 얼굴로 아침 식사를 해야 해. 안 그러면 궁궐 안 사람들이 알게 되어 괜한 걱정을 할 테니까. 이를 어쩌지…….'

이리 생각하고 저리 생각하던 여왕 눈이 순간 반짝 빛났다. 여왕은 바로 일어나 남편이 있는 방으로 가 문을 두드렸다.

"똑똑."

"누구쇼?"

"당신 아내예요."

"누구시라고 했소?"

"당신 아내라고 했어요."

겨울바람처럼 거칠고 차갑던 남편 목소리는 봄바람처럼 부드러워져, 방 안에서 문밖으로 흘러나왔다. 곧 방문이 열리면서 닫힌 마음도 연 남편은 여왕인 아내를 맞아들였다.

"빅토리아!"

"앨버트!"

여왕이 아닌 아내는 따뜻한 눈빛으로 남편을 바라보았다. 여왕과 여왕의 남편이 아니고 다정한 부부인 두 사람은 김이 모락모락 오르는 차를 마시면서 차가운 마음을 녹였다.

대영제국을 '해가 지지 않는 나라'라고 했다. 그 영광을 이룬 영국의 임금은 바로 빅토리아 여왕(Queen Victoria, 1819~1901)이다. 그러나 빅토리아 여왕은 나라에서는 임금이지만, 개인으로는 한 남편 앨버트 공(Albert, Prince Consort, 1819~1861)의 아내였던 것이다.

닫힌 마음을 열고 차가운 마음을 녹인 빅토리아와 앨버트처럼, 부부는 하나로 합친 마음과 같은 몸으로, 일심동체(一心同體)인 것이다.

032

죄송해요

어느 날 가난한 농부인 아버지가 훌쩍 세상을 떠나자 외동딸은 손바닥만한 논밭을 팔아 서울로 올라왔다. 어머니만 달랑 남겨 놓고.

서울에 온 딸은 파출부와 점원을 하며 매달 돈 얼마를 고향 어머니에게 송금했다.

그러나 어머니는 딸이 보내 준 돈을 한 푼도 쓰지 않고 잘 간수했다. 그 돈이 자기 딸인 것처럼.

시간이 흐르고 또 흘렀다.

서울 생활에 익숙해진 딸은 이제 힘들여 일을 하지 않고도 먹고 살 수 있는 방법을 찾아냈다. 자신의 젊음과 아름다움으로.

그녀는 뭇 사내들의 여인이 되어,

"사랑해요."

하고 사내들에게 속삭였다. 속삭이면 속삭일수록 돈은 더 많이 모였다.

그녀는 먹고 싶었던 음식을 마음대로 먹고, 사고 싶었던 옷을 마음대로 샀다. 타고 싶었던 고급 승용차도 사고, 살고 싶었던 멋진 집도 샀다.

그러면서 한 달을 하루처럼 행복한 매일을 보냈다.

그런 어느 날부터 그녀는 사내들에게서 잊혀져갔다. 사내들이 그녀보다 더 젊고 예쁜 여인을 찾았기 때문에.

갑자기 그녀에게 외로움이 몰려왔다.

문득 어머니와 고향이 떠올랐다. 그녀는 그날로 기차를 타고 고향으로 내려갔다.

그녀가 역에 내렸을 때는 어둑한 밤이었다.

그녀는 집 앞에서 서성이며 집 안을 살폈다. 그리운 불빛이 흘러나오고 있었다.

"뉘시오?"

인기척에 어머니 목소리가 불빛을 타고 흘러나왔다. 어머니 목소리에 딸은 눈시울을 적셨다.

"저예요."

딸 목소리는 방문을 열고 어머니를 마당으로 뛰어나오게 했다. 딸도 뛰어가 어머니 품에 안겼다. 너무너무 포근했다.

'죄송해요, 어머니. 용서하세요.'

라는 말은 입안에서 맴돌기만 했다.

"말 안 해도 네 마음 다 안다. 그간 고생 많았지?"

어머니 목소리가 외동딸 마음에서 떨렸다.

"난 네가 떠난 그날부터 밤이 되면 늘 방에 불을 켜 놓고 꺼 본 일이 없단다."

"어머니, 고마워요!"

외동딸은 어머니가 왜 불을 끄지 않았는지 생각하니 마음이 더 아팠다.

어머니는 그랬다.

딸이 돌아와 불이 켜져 있지 않으면 되돌아갈 것 같았다. 그래서 딸이 떠난 그날부터 밤이 되면 늘 방에 불을 켜 놓고 꺼 본 일이 없었다.

033

이상한 날씨,
이상한 군주

때는 중국 춘추시대.

어느 날 제나라에 눈이 내렸다. 눈은 사흘 밤낮을 쉬지 않고 내렸다. 큰 눈이 내린 제나라는 그야말로 설국(雪國)이었다.

제나라 임금 경공(景公)은 따뜻한 방 안에서 여우 털로 만든 옷을 입고 설경(雪景)을 보고 있었다.

"으음, 참으로 아름답구나! 눈이 계속 내리면, 눈이 더 많이 내리면 온 세상이 더욱더 깨끗하고 아름다울 게야. 그렇게 되면 정말 좋겠어……."

그때 재상 안영(晏嬰)이 들어와 경공 곁으로 갔다. 그는 아무 말 없이 창문 밖에 수북하게 쌓인 눈을 지그시 바라보았다.

경공은 안영도 자기처럼 설경에 도취된 것이라 생각하고 들뜬 목소리로 말했다.

"요즘 날씨는 이상하군. 사흘 동안이나 눈이 내려 온 땅을 뒤덮었지만 봄 날씨처럼 따뜻한 게 조금도 춥지 않아."

그러자 안영은 경공이 입은 여우 털옷을 물끄러미 보다가 물었다.

"정말 춥지 않사옵니까?"

"……."

경공은 안영이 왜 이렇게 묻는지 그 뜻을 헤아리지도 않고 고개를 끄덕이며 그저 웃기만 했다.

그러자 안영이 정색을 하고 말했다.

"옛날 현명한 군주들은 자기가 배불리 먹으면 누군가가 굶주리지 않을까를 생각했고, 자기가 따뜻한 옷을 입으면 누군가가 얼어죽지 않을까를 걱정했으며, 자기가 편안하면 누군가가 피곤하지 않을까를 염려했다고 하옵니다. 그런데 임금께서는 자기 외에 다른 사람을 전혀 생각하지 않으시는군요."

"……."

안영 말은 경공의 폐부를 쿡쿡 찔렀다. 부끄러워 얼굴을 붉힌 경공은 아무 말도 못했다.

《안자춘추(晏子春秋)》에 실려 있는 가르침이다.

"제 배 부르니 종의 배 고픈 줄 모른다", "상전 배부르면 종 배고픈 줄 모른다"는 우리 속담이 있다. 권세 있고 잘사는 사람들이 제 배가 불러 있으니 모두 저와 같은 줄 알고, 저에게 매여 사는 사람들이 배 곯는 줄을 알지 못함을 비유적으로 이르는 말이다.

고사성어 '추기급인(推己及人)'은 내 처지로 미루어 남의 형편을 헤아린다는 뜻으로, 배려는 상대를 존중하고 상대방 처지를 먼저 생각하는 데에서 출발한다는 것을 강조하는 말이다.

경공은 군주로서 백성들 처지를 먼저 살펴야 했다. 그러나 따뜻한 여우 털옷을 입고 편안한 자기 일상에 묻혀 눈 오는 경치에만 취해, 추위에 덜덜 떨고 있을 백성들은 전혀 생각하지 않았다.
군주는 경공처럼 자기 입장만 생각하지 말고 먼저 백성들 처지를 헤아리는 따뜻한 마음을 가져야 한다.

《안자춘추(晏子春秋)》는 중국 춘추시대 제나라 안영의 언행을 기록한 책이다. 안영의 자찬(自撰)이라 전하나 후세 사람의 편찬으로 보이며, 유가와 묵가의 사상을 절충해 절검주의(節儉主義)를 설명했다.

안영(晏嬰, ?~B.C. 500)은 중국 춘추시대 제나라의 명재상이다. 자는 중(仲), 시호는 평(平)이다. 안약[晏弱, 안환자(晏桓子)]의 아들로, 제나라 래(萊)의 이유(夷維) 사람이다. 제나라 영공(靈公), 장공(莊公), 경공(景公) 3대를 섬긴 재상이었다. 그러나 고기가 식탁에 오르는 경우는 극히 드물 만큼 절약 검소하고, 군주에게 기탄없이 간언한 것으로 유명했다. 안평중(晏平仲) 혹은 안자(晏子)라는 존칭으로 불리기도 한다.

안영은 키가 작아 여섯 자(尺)도 안 되었다고 한다. 주나라의 한 자는 약 23cm이니, 여섯 자는 약 138cm로, 안영은 140cm도 안 되는 단신이었다. 그러나 나랏일을 최우선으로 생각하고 실천해서 제나라에서는 절대적인 인망을 얻었고, 군주도 안영을 조심스럽게 대했다고 한다. 그의 행적은《안자춘추》, 중국 노나라 좌구명(左丘明, ?~?)이《춘추(春秋)》를 해설한《춘추좌씨전(春秋左氏傳)》 등에서 찾아볼 수 있다.

034
:

꽃보다
향기로운

당대의 명시인과 당대의 명사업가. 친구인 두 사람이 가끔 만날 때면 공원을 산책하며 세상 이야기를 나누곤 했다. 그럴 때마다 시인 발자국에서는 시가, 사업가 발자국에서는 돈이 피어나는 것 같았다.

그런 어느 날이었다.

그날도 시인과 사업가는 이야기를 나누며 산책하면서 시와 돈을 공원 곳곳에 심고 있었다.

얼마쯤 걸었을까.

"딸그락딸그락……."

그 소리에 두 사람은 걸음을 멈추었다.

시인과 사업가는 따가운 햇살을 피해 플라타너스 그늘 속에서 동냥 그릇을 내밀고 있는 걸인과 눈을 맞추게 되었다.

꾀죄죄한 걸인은 여인이었다.

여인은 세상일에는 관심이 없다는 듯 무뚝뚝한 표정으로 지나가는 사람들에게 그저 동냥 그릇을 내밀어 구걸하고 있었던 것이다.

사업가는 지난번에 그랬던 것처럼 동전 한 닢을 동냥 그릇에 넣어 주었다. 여인은 늘 그랬던 것처럼 무뚝뚝한 표정으로 사업가에게 동냥 그릇을 흔들어 인사할 뿐이었다.

며칠 뒤였다. 시인과 사업가는 또 산책하러 나왔다. 바로 그 공원으로.

두 사람이 그 플라타너스 앞을 지날 때였다. 시인과 사업가와 여인의 눈길이 서로 마주쳤다. 사업가는 전과 다름없이 동전 한 닢을 여인의 동냥 그릇에 넣어 주었다. 여인은 전과 다름없이 무뚝뚝한 표정으로 동냥 그릇을 흔들어 인사했다.

이번에는 시인도 여인에게 동냥을 했다. 그러나 시인이 여인에게 내민 것은 동전이 아니었다. 장미, 장미 한 송이였다.

플라타너스 그늘 속에 묻혀 장미를 본 걸인, 꾀죄죄한 여인의 입술이 열리면서 누런 이가 드러났다. 무슨 말을 하려는 것 같았다. 그러나 그것은 무슨 말이 아니었다. 어줍었지만 그것은 틀림없는 초승달 같은 미소였다.

때때로 사람에게는 돈보다 귀한 따뜻한 마음이, 꽃보다 향기로운 사랑 가득한 마음이 필요하다.

가난에 찌든 거지 여인에게 꽃을 선물한 것은 돈보다 귀한 시인의 사랑과 따뜻한 마음이 가득 담긴 배려였다. 그가 시인인지도 모르면서도 그에게 한동안 잊었던 미소를 찾아 선물한 것은 꽃보다 향기로운 거지 여인의 사랑과 감사한 마음이 가득 담긴 배려였다. 시인과 거지 여인이 주고받은 배려는 그야말로 파격적인 배려였다.

이 시인이 바로 보헤미아 태생의 독일 시인 라이너 마리아 릴케(Rilke, Rainer Maria, 1875~1926)이다. 인상주의와 신비주의를 혼합한 근대 언어 예술의 거장으로, 인간 존재를 추구하고 종교성이 강한 독자적 경지를 개척했다. 로뎅의 비서였던 것이 그의 예술에 큰 영향을 주었다. 주요 작품집으로는 시집《형상 시집》,《두이노의 비가》등과 소설《말테의 수기》등과 저서《로댕론》,《서간집》등이 있다.

035

나이지리아로 파견되는
첫 주교

아프리카 나이지리아, 왁자지껄한 노예 시장.

어린 노예가 나왔다. 먹지 못해 뼈가 앙상하게 드러나고, 몸이 아주 작아 값을 매길 수도 없었다. 어린 노예는 겨우 담배 열 갑쯤 되는 값에 팔렸다. 그 어린 노예는 다른 노예들과 함께 노예를 나르는 배에 실렸다.

그런데 그 노예선이 항해 도중 영국인 손에 넘어가게 되었다. 그 덕에 그 노예선에 타고 있던 노예들은 모두 자유의 몸이 되었다. 그 어린 노예는 영국에 와서 자랐다.

세월은 흐르고 흘렀다.

영국 런던 성당에서 미사가 성대하게 집전되었다. 나이지리아로 파견되는 첫 주교가 임명되는 미사였다. 그 자리에는 신부들은 물론이고 주교와 대주교 등 고위 성직자들이 참석했다. 그리고 정치인들과 많은 귀족들도 자리를 같이 했다.

영국에서 아프리카 나이지리아로 파견되는 첫 주교로 임명되는 신부는 흑인이었다. 이 흑인 신부가 바로 나이지리아 노예 시장에서 담배 열 갑쯤 되는 값에 팔렸던 어린 노예였던 것이다.

"백성은 임금을 잘 만나야 행복하고, 임금은 백성을 잘 만나야 위대한 인물이 된다"고 한다.

어린 노예는 영국에 와서 어질고 배려 깊은 사람을 만나, 의로운 신부로 자라 배려 깊은 주교가 되었던 것이다.

036

갈대 옷

때는 조선 제4대 임금인 세종이 나라를 다스리던 어느 해 겨울.

민손의 어머니가 일찍 세상을 떠나자 아버지는 계모를 얻었다. 얼마 뒤에 계모는 아들 형제를 낳았다.

어느 추운 겨울날 아버지가 말했다.

"관청에 볼일이 있으니 수레를 끌고 가자꾸나."

"네, 아버님."

추위에 덜덜 떨던 민손이 아버지가 탄 수레를 잡자마자 수레도 덜덜덜 떨렸다.

"얘야, 그렇게 춥냐?"

"아 아닙니다, 아버님."

대답은 이렇게 했지만 민손은 계속 떨었다. 집을 나서 얼마쯤 갔을 때였다. 고개를 갸우뚱한 아버지가 민손이 입은 옷을 만져 보고 손도 만져 보았다.

'아 아니, 이 이럴 수가!'

참으로 놀라운 일이었다. 한겨울인데도 민손은 갈대 옷을 입고 있었던 것이다. 갈대 옷은 솜 대신 갈대꽃을 넣고 지은 옷이다. 겉으로는 두툼해 보이지만 구멍이 숭숭해서 전혀 따뜻하지 않았다.

'이런 고약한……'

순간, 얼굴색이 확 변한 아버지는 계모에게 화가 나서 몸을 부르르 떨기까지 했다.

'손이 꽁꽁 얼어 떨었구나. 몸이 얼어서 그렇게 떨었구나. 이 추운 겨울에 내 아들에게 이런 옷을 입히다니, 으음……'

이 한 가지만 봐도 민손이 계모에게 얼마나 학대를 받고 있는지 알고도 남았다. 그러나 아버지는 입을 굳게 다물고 아무 말도 하지 않았다. 집으로 돌아온 아버지는 곧 민손의 이복형제를 불러 직접 옷을 살피고 만져 보았다. 그랬더니 이복형제는 두툼하게 솜을 넣어 지은 따뜻한 옷을 입고 있었다. 생각했던 대로였다.

"이런 맙소사, 세상에 이런 괘씸한!"

화가 머리끝까지 난 아버지는 곧바로 계모를 불러 호통쳤다.

"감히 이런 악하고 못된 짓을 하다니, 용서할 수 없소. 내 집에서 당장 나가시오!"

바로 그때 민손이 아버지 앞에 무릎을 꿇고 간곡하게 말했다.

"아버님, 어머니가 집에 계시면 아들 하나만 갈대 옷을 입고 추위에 떨면 됩니다. 하지만 어머니가 쫓겨나시면 아들 셋이 갈대 옷을 입고 추위에 떨어야 합니다. 그러니 어머니를 내쫓지 마세요!"

아버지는 할 말을 잃고 입을 다물었다.

모질고 악하기만 하던 계모는 착하고도 어진 민손에게 감동해 저절로 고개가 푹 수그러졌다.

《삼강행실도(三綱行實圖)》에 실려 있는 가르침이다.

이렇게 해서 크게 뉘우친 계모는 자기 잘못을 고쳐 착한 사람이 되었다. 민손은 두 동생을 더욱 더 사랑하고, 지극 정성으로 부모에게 효도를 다했다.

이것은 민손의 배다른 두 동생에 대한 형제애 깊은 배려였고, 계모와 아버지에 대한 효성 깊은 배려였다.

《삼강행실도(三綱行實圖)》는 조선시대에 설순 등이 왕명에 따라 펴낸 책이다. 우리나라와 중국의 서적에서 군신, 부자(父子), 부부간에 모범이 될 충신, 효자, 열녀들을 각각 35명씩 뽑아 그 행적을 그림과 글로 칭송했다. 세종 14년(1432)에 간행되었으며, 성종 12년(1481)에는 한글로 풀이한 언해본이 간행되었다.

037

아이의
총기

어느 봄날 한 아이가 보리밭에서 열심히 김을 매고 있었다.

길을 가던 장사꾼이 아이에게 물었다.

"애야, 나는 지금 서울에 옷감을 팔러 가는 길인데, 여기서 얼마나 더 가야 하는지 가르쳐 주겠니?"

"이 길을 따라서 쭉 가시면 되는데요."

장사꾼을 힐끔 본 아이가 대답했다.

"그냥 쭉 가라니? 대답도 참 별나구먼."

다시 길을 가다 중얼거린 장사꾼이 획 뒤돌아섰다.

"애야, 서울까지 정말 얼마나 걸리냐?"

"그냥 쭈욱 가시라니까요."

장사꾼이 또 물었지만 아이 대답은 똑같았다.

"말귀를 그렇게도 못 알아듣다니……. 정말 바보 같은 녀석이군."

투덜거린 장사꾼이 손나팔을 하고 외쳤다.

"그냥 가라고만 하면 어떡하니? 이 녀석아, 가르쳐 주려면 똑바로 가르쳐 줘야지."

"아저씨, 그냥 쭉 가시면 된다니까요."

'조그만 녀석이 날 놀려? 내 이 녀석을 가만두나 봐라.'

화가 난 장사꾼은 씩씩대며 아이에게 뛰어갔다.

아이는 그제야 뒷머리를 긁적이며 말했다.

"아저씨, 제게 등을 보이며 걷던 걸음으로는 여섯 시간쯤 걸리실 거구요, 지금 제게 오신 걸음으로는 세 시간이면 서울에 도착하시겠는걸요."

아이의 총기에 감탄한 장사꾼은 씩 웃으며 아이 머리를 쓰다듬어 주었다. 장사꾼은 해를 보고 시간을 가늠하면서 서울로 갔다.

아이의 지혜로운 배려로 장사꾼은 여유를 갖고 서울로 갔다. 그 덕분에 옷감도 좋은 값에 잘 팔아 발걸음도 가볍게 집으로 돌아갔다.

총기가 총총 튀는 이 아이가 바로 이솝(Aesop, B.C. 620?~B.C. 560?)이다. 아이는 어른이 되어 지혜가 가득 담긴 이야기로 이름을 널리 떨쳤다. 그 이야기를 모음 것이 우화집 《이솝이야기(이솝우화)》이다.

038

한마디 말로,
평생 실천할 말

어느 날 자공이,

"스승님. 한마디 말로, 제가 평생 동안 실천할 말이 있습니까?"
하고 묻자 공자가,

"있네. 그것은 서(恕)라네. 자기가 원하는 것이 아니면 남에게
베풀지도 말아야 하는 것이지[기서호(其恕乎)인저 기소불욕(己所不欲)
을 물시어인(勿施於人)이니라]."
라고 대답했다.

《논어》〈위령공 편(衛靈公篇)〉에 실려 있는 공자의 가르침이다.

내가 하고 싶지 않은 일을 남에게 베푸는 것은, 내가 하기 싫은
일이나 귀찮은 일을 남에게 떠맡기는 것이고, 내가 하기 싫은 일이
나 귀찮은 일을 남에게 강요하는 것이다. 내가 좋다고 상대방도 좋

은 것은 아니다. 좋은 것을 베풀어도 이런 문제가 생길 수 있다. 그런데 자기는 싫은 것, 원하지 않는 것을 상대방에게 행한다면 이얼마나 폭력적인가. 이것은 '자선'도 아니고 '인'도 아니다.

공자는 평생 동안 실천해야 할 일이 바로 "남을 용서하는 일"이라고 했다. 용서할 '서(恕)' 자는 "어질다" 또는 "헤아린다"는 뜻이다. '서'는 '같을 여(如)'와 '마음 심(心)'이 합해져서 이루어진 글자로, "사람의 마음[心]은 모두 같다[如]" 또는 "마음을 너그럽게 해용서하다"라는 뜻이다. 내가 상대방에게 잘못했을 때 내가 미안해하듯이 상대방도 잘못했을 때 마땅히 미안해하리라고 생각하는 것이다. 상대방 마음과 내 마음이 같다고 헤아릴 때 이해하고 용서하는 마음이 생긴다. 그래서 "기소불욕 물시어인"은 상대방을 먼저 이해하고 용서하는 것에서부터 시작한다. 누군가는 꼭 해야 할일인데 서로 미룰 때, 자발적으로 나서서 희생정신을 발휘할 때도 있어야 한다. 그래서 공자는 이 '서'를 "자기가 원하는 것이 아니면남에게 베풀지도 말아야 하는 것"이라고 풀이했다. 내가 하기 싫은일은 당연히 상대방도 하기 싫을 테니 상대방에게 시키기 전에 앞장서서 모범을 보여야 한다는 것이다.

'인(仁)'은 유가 사상에서 가장 핵심 개념이다. 그래서 《논어》에 '인' 자가 105번이나 쓰였다고 한다. 공자는 이 개념을 사람을 사랑하는 것 또는 사람을 사람답게 대하는 것이라는 의미로 썼다. 공자는 인의 실천 방법으로 "효제충서예악(孝悌忠書禮樂)"을 제시했다. 그래서 '인'은 바로 "다른 사람을 내 몸처럼 사랑하는 일"이다. 《신

약성경》〈마태오복음서(Matthew福音書)〉제22장 39절도 "네 이웃을
너 자신처럼 사랑해야 한다"라고, 〈마태오복음서〉 제7장 12절 또
한 "그러므로 남이 너희에게 해 주기를 바라는 그대로 너희도 남에
게 해 주어라. 이것이 율법과 예언서의 정신이다"라고 가르친다.

유가에서 '인'과 '서'를 거의 같은 개념으로 본다. 즉 인과 서는
남을 배려하고 존중하는 것으로, 상대방의 처지를 먼저 생각하는
데에서 출발한다.

한 신문에서는 "중국 최고지도자인 시진핑[습근평(習近平), 1953~]
의 성공 뒤에는 가훈의 영향이 크게 자리 잡고 있다고 홍콩《다궁
바오[대공보(大公報)]》가 보도했다. 이 신문은 시진핑에 관한 과거
인터뷰 기사를 발췌해 게재하면서 그의 가훈이 '기소불욕 물시어
인'이라고 소개했다"라고 전하기도 했다.

《신약성경》〈마태오복음서(마태복음)〉는 예수(Jesus)의 교훈을 집성
(集成)했으며, 마태오(Matthew)가 저자로 알려져 있다. 마태오(마태)는
12사도의 한 사람으로, 가버나움의 세리(稅吏)로 있다가 예수의 제자가
되었다. '마태오'라는 이름의 뜻은 "하느님(야훼)의 선물"이다.

039

어깨동무
내 동무

어머니,

어머니께서 저를 돌봐 주시듯이

사랑 깊은 마음으로 동무를 이해하게 도와주세요.

동무의 흠을 들추어내려 할 때 제 허물을 생각게 하시고,

동무의 나쁜 버릇이 제 눈에 들어와도

그 버릇에 눌려 있는 동무의 선한 마음을 볼 수 있게 도와주세요.

다툰 동무와 다시 웃음 가득한 얼굴로 마주하게 하시고,

미워하는 동무에게 제가 먼저 마음의 문을 열게 하시어,

서두르지 않고 더 너그러우며 더 친절할 수 있게 가르쳐 주세요.

어머니,

동무가 가는 길이 제 길과 다르고,

동무에게 최선을 다하는 길도 다르다는 걸 깨닫게 도와주세요.

하지만 어머니,

소꿉동무들과 엮어 놓았던 마음의 끈은 풀어지지 않게 도와주세요.

어깨동무 내 동무 미나리 밭에 앉았다.
어깨동무 새 동무 미나리 밭에 앉았다.

이렇게 배려 깊은 동무, 이 세상 어느 누가 마다할까.

새끼발가락 다쳤다. 다치기 전에는 미처 몰랐다. 내가 사는 것은 사랑을 받기 때문이다. 사랑이 듬뿍 담긴 배려를 받기 때문이다.

숨 쉬는 공기는 어떠한가?

햇빛과 바람, 비는?

참으로 귀한 것은 값을 매길 수 없다.

어머니, 저도 누군가에게 이런 동무로 살게 도와주세요.

040

네가
시집가서

어느 마을에 외동딸을 키우는 부부가 살고 있었다.

부부는 늦게 얻은 외동딸을 금이야 옥이야 하며 곱디곱게 키웠다. 외동딸은 어느새 나이가 차서 시집을 가게 되었다.

결혼하기 전날이었다. 어머니가 시집가는 딸에게 말했다.

"사랑하는 내 딸아, 네가 시집가서 남편을 왕처럼 받든다면, 네 남편은 너를 여왕처럼 받들 게다."

"알았어요, 어머니."

"사랑하는 내 딸아, 네가 시집가서 하녀처럼 행동한다면, 네 남편은 너를 하녀처럼 부릴 게다. 또 네가 시집가서 네 자존심을 내세워서 남편을 남편답게 대하지 않는다면, 네 남편은 너를 하녀로 만들 게야."

"알았어요, 어머니."

"사랑하는 내 딸아, 네가 시집가서 집에 남편 친구들이 찾아오면, 꼭 목욕을 하고, 옷차림을 단정히 하고, 정성을 다해서 극진하게 대접하거라. 그렇게 하면 네 남편은 너를 아주 소중하고도 고맙게 여길 게야."

"알았어요, 어머니."

"사랑하는 내 딸아, 네가 시집가서 언제나 가정을 위해 마음을 쓰고, 남편 물건을 소중하게 다룬다면, 네 남편은 네 머리에 왕관을 기쁜 마음으로 씌워 줄 게다, 알았니?"

"네, 어머니. 잘 알았어요. 어머니 말씀 가슴 깊이 간직하고 살게요."

"그래, 그래야지……."

"어머니……."

어머니와 외동딸은 얼싸안고 감회의 눈물을 흘렸다.

《탈무드》에 실려 있는 가르침이다.

유대인 어머니들이 시집가는 딸에게 꼭 읽어 준다는 구절이다. 부부 관계에서는 물론, 모든 관계에서 내가 상대를 먼저 존중하고 배려하면, 그것이 나에 대한 존중과 배려로 돌아온다.

결혼하기 전날이었다. 어머니가 장가가는 아들에게 말했다.

"사랑하는 내 아들아, 네가 장가가서 아내를 여왕처럼 받든다면, 네 아내는 너를 왕처럼 받들 게다."

"네, 어머니."

"사랑하는 내 아들아, 네가 장가가서 노복(奴僕)처럼 행동한다면, 네 아내는 너를 노복처럼 부릴 게다. 또 네가 장가가서 네 자존심을 내세워서 아내를 아내답게 대하지 않는다면, 네 아내는 너를 노복으로 만들 게야……."

"네, 어머니……."

041

노인의
벌금

나졸이 대기 중인 죄인을 끌고 나왔다. 옷차림이 허름한 노인이 원님 앞에 무릎을 꿇었다.

"그대는 어인 일로 왔는고?"

원님이 물었지만 고개를 떨군 노인은 아무 대답도 하지 못했다. 그러자 원님 눈치를 살피던 이방이 나섰다.

"무슨 죄를 지어 잡혀 왔느냐고 물으신다."

"배가, 하도 배가 고팠습죠. 그래서 방앗간 앞을 지나다가 그만 저도 모르게 가래떡에 손을 댔습니다요, 나리."

노인이 땅에 넙죽 엎드렸다.

"나라에선 도둑을 엄히 다스린다는 걸 모르고 있었더냐?"

원님이 목소리를 높였다.

"주 죽을죄를 지었습니다요. 하 한 번만 용서해……."

노인은 말을 잇지 못하고 어깨를 들썩였다. 노인이 자기가 지은 죄를 시인하자 원님은 고개를 끄덕였다.

"그대에게 벌금 한 냥을 선고한다!"

"고 고맙습니다요, 나으리."

노인은 하옥되지 않는 것만으로도 감사했다. 그러나 꾀죄죄한 돈주머니를 살피던 노인은 얼굴이 하얗게 질렸다. 갖고 있는 돈은 모두 여덟 푼뿐이었기 때문에.

"이방은 들으시오!"

원님이 고함치자 노인은 깜짝 놀랐다. 벌금을 못 내면 하옥될 것은 뻔했기 때문에.

"이 노인 벌금은 내가 내겠소."

원님 말에 모두 깜짝 놀랐다.

"나라님 은혜로 나라가 평안한 지금, 내가 부덕하여 이런 불상사가 생겼으니, 고을을 책임지고 있는 내게 죄가 있는 것이오. 하니, 이 노인 벌금은 내가 내겠소!"

"휴우우……."

원님 말에 노인은 안도의 한숨을 내쉬었다.

"나 같은 죄가 있는 사람은 벌금을 내도 좋소."

입가에 웃음을 가득 담은 원님이 말했다.

"저도 벌금을 내겠습니다."

원님 말이 떨어지자마자 방앗간 주인이 나섰다. 이방이 눈짓을 하자 나졸은 빈 돈주머니를 들고 돌았다. 이방과 나졸은 물론이고 모여 있는 구경꾼 모두가 한 푼 두 푼 돈주머니를 채워 주었다.

원님은 사람들 정성으로 채워진 돈주머니를 노인에게 주었다.

옷차림이 허름한 노인은 속죄와 감사의 눈물을 흘리며 그곳을 떠났다.

가슴이 찡하다. 정성이 가득한 '십시일반(十匙一飯)'은 밥 열 술이 한 그릇이 된다는 뜻으로, 여러 사람이 조금씩 힘을 합하면 한 사람을 돕기 쉽다는 말이다. 그래서 "슬픔은 나누면 반이 되고, 기쁨은 나누면 배가 된다"고 했다. 그러나 "자기 배 부르면 남의 배 고픈 줄 모른다"는 식으로 사는 사람은 깊이 반성해야 한다.

042

아버지
유언

세상을 떠날 때가 된 것을 안 아버지가 세 아들을 불러 유언을 했다.

"내 만일을 대비해 우리 밭에 황금 덩어리를 묻어 두었다. 하지만 지금 내 힘으로 그걸 파낼 수 없으니 너희가 함께 그걸 캐내어 잘살도록 해라……."

아버지는 이 말만 남기고 세상을 훌쩍 떠나고 말았다.

삼 형제는 한마음으로 밭을 몽땅 뒤집어엎었다. 이 구석 저 구석 샅샅이 파헤쳤다. 그러나 황금 덩어리는 밭 어디에도 없었다.

그러자 세 아들이 투덜거렸다. 늙으신 아버지가 망령된 말만 남기고 돌아가셨다고.

시간은 흘러 가을이 되었다. 세 아들은 그 밭에서 상상할 수 없을 만큼 큰 수확을 거두었다. 황금 덩어리를 찾겠다고 밭을 골고루

깊게 파헤친 덕분에.

그제야 삼 형제는 크게 깨닫고 눈시울을 적셨다.

아버지가 망령된 말을 남기고 세상을 떠났다고 생각했다. 그러나 그 망령된 말에는 사랑이 가득 담겨 있었기 때문에.

밭을 파헤치기가 몹시 힘들었다. 그래도 삼 형제는 아버지가 한 망령된 말을 의심 없이 믿었고 또 믿은 것을 서슴없이 실천에 옮겼다. 그래서 아버지가 한 망령된 말 대로 황금 덩어리를 찾아 얻은 것이다. 땅속이 아닌 땅 위에서.

세 아들을 한마음으로 만든 아버지의 사랑 가득한 배려가 감동을 준다.

043

내가 이렇게
등불을 들고 다니면

어두운 밤하늘에 별들이 총총총 떠 있는 그믐밤이었다.

나그네가 캄캄한 밤길을 더듬더듬 걷고 있었다. 머물 여관을 찾지 못했기 때문에.

한참을 걸어가고 있는데 맞은편에서 불빛이 다가오고 있었다.

"옳지, 잘됐다. 누군지는 모르겠지만 등불을 들고 오는군. 여관이 어디 있는지 물어봐야지."

등불을 든 사람이 가까이 왔다. 등불을 든 사람은 얼굴에 주름이 깊게 파인 노인이었다.

나그네가 물었다.

"저 영감님, 말씀 좀 묻겠습니다."

"뭐유?"

"이 근처에 여관이 어디쯤 있습니까?"

노인은 뒤돌아서서 오던 길을 손가락으로 가리키며 말했다.

"이 길로 조금만 더 가면 언덕이 나와요. 그 언덕을 넘으면 마을이 나온다우. 그 마을 어귀에 아주 깨끗한 여관이 있다우."

"고맙습니다."

인사를 하고 노인을 자세히 살피던 나그네가 깜짝 놀랐다.

"아 아니!"

노인은 앞을 못 보는 장님이었으니까.

고개를 갸우뚱한 나그네가 물었다.

"영감님, 궁금한 게 있습니다."

"뭐유?"

"영감님은 앞을 못 보시는데, 왜 등불을 들고 다니십니까?"

씨익 웃은 노인이 대답했다.

"내가 이렇게 등불을 들고 다니면, 정상인 사람들이 장님이 걸어가고 있다는 걸 알 테니까. 그러면 장님인 나를 본 정상인 사람이 피해 주니, 나와 부닥치지 않을 테고 말이우."

"아!"

나그네 입에서 감탄사가 툭 튀어나왔다.

《탈무드》에 실려 있는 가르침이다.

장님은 앞을 못 보니 등불이 필요 없다. 그런데 왜 등불을 들고 다닐까?

정상인 사람에게서 자기를 보호하려고?

정상인 사람의 밤길을 밝혀 주려고?

장님의 등불은 배려이다. 자기에 대한 배려이고, 더 나아가 상대방에 대한 배려의 지혜이다. 이런 배려의 지혜는 각박한 우리 삶을 더욱 따뜻하게 해 주고, 밝은 내일을 밝혀 준다.

장님의 등불은 밤바다를 안내하는 등대이다.

자기보다 남을 더 생각하는 장님의 마음은 등불보다, 등대보다 더 밝은 빛이다.

"너희는 세상의 빛이다. 산 위에 자리 잡은 고을은 감추어질 수 없다. 등불은 켜서 함지 속이 아니라 등경 위에 놓는다. 그렇게 하여 집 안에 있는 모든 사람을 비춘다. 이와 같이 너희의 빛이 사람들 앞을 비추어, 그들이 너희의 착한 행실을 보고 하늘에 계신 너희 아버지를 찬양하게 하여라."

《신약성경》〈마태오복음서〉 제5장 14-16절이 전하는 가르침이다.

할아버지의 할아버지가
그랬듯이

어느 봄날 할아버지가 앞마당 양지 녘에 서 있는 큰 나무 옆에
어린나무를 심고 있었다.

"할아버지, 다녀왔습니다."

"그래, 어서 오너라."

"할아버지, 뭐 하세요?"

학교에서 돌아온 손녀가 물었다.

"네가 보다시피 나무를 심고 있지."

"왜 나무를 심으시는 거예요?"

"열매를 따려고……."

"할아버지, 그럼 이 나무에서 언제쯤 열매를 딸 수 있죠?"

"으음, 네가 시집갈 때쯤 딸 수 있을 게다."

"할아버지, 그때까지 오래오래 사세요."

"녀석도, 허허허……. 너도 여기 이 큰 나무에 열린 열매 맛을 알지?"

"네, 할아버지. 작년에 먹은 건 무지무지 달았어요."

"그래. 이 어린나무도 커서 여기 이 큰 나무와 같은 열매를 맺을 게다……. 내 나이 벌써 일흔이니 앞으로 얼마나 더 살겠느냐? 하지만 나도 너처럼 어릴 때부터 이 큰 나무에 열린 열매를 따 먹으면서 자랐단다. 내 할아버지께서 우리를 위해 이 나무를 심으셨듯이, 지금 내가 이 어린나무를 심는 것도 같은 이유란다."

손녀 머리를 쓰다듬어 준 할아버지가 말을 이었다.

"내가 죽고 없는 먼 훗날에도 너와 네 딸이 함께 이 어린나무가 크게 자라 열린 다디단 열매 맛을 보기 바랄 뿐이란다."

"……."

손녀는 할아버지 품에 와락 안겼다.

할아버지는 손녀를 위해 어린나무를 심었다. 할아버지의 할아버지가 그랬듯이.

"맑은 거울은 형상을 살피게 하고, 지나간 옛일은 이제 될 일을 알게 한다."

공자의 가르침이다.

"미래를 알고 싶으면 먼저 지나간 일들을 살펴라."

《공자가어(孔子家語)》와 《명심보감》에 실려 있는 가르침이다.

내일을 위해 어제를 보아야 한다, 미래를 위해 과거를 보아야 한다는, 가르침들이다.

　내일이고 미래인 손녀를 위해 할아버지는 나무를 심었다. 어제
이며 과거인 할아버지의 할아버지가 그랬던 것처럼.

　《공자가어(孔子家語)》는《논어》에 빠진 공자의 언행 및 문인과의 문
답과 논의를 수록했다는 책이다. 중국 삼국시대 위(魏)나라의 학자 왕
숙(王肅, 195?~256)이 공자에 관한 기록을 모아 주를 붙인 것으로, 처음
에는 27권이었으나 현재 전하는 것은 10권이다.

045

작은 콩 한 쪽의
큰 힘

　어떤 사람이 남 음식을 훔치면 우리는 그를 도둑이라 부른다. 그렇다면 배고픈 사람에게 먹을 걸 줄 수 있는데 마다하는 사람도 똑같이 불러야 옳지 않겠는가?

　어떤 사람이 남 옷가지를 훔치면 우리는 그를 도둑이라 부른다. 그렇다면 발가벗은 사람에게 옷을 입혀 줄 수 있는데 마다하는 사람도 똑같이 불러야 옳지 않겠는가?

　냉장고에 들어 있는 식은 밥은 배고픈 사람 것이다.

　입지 않고 옷장에 걸어 놓은 외투도 외투가 필요한 사람 것이다.

　신발장에서 먼지가 쌓이고 있는 운동화도 운동화가 필요한 사람 것이다.

　그리고 욕심으로 금고에 수북이 쌓아 놓은 돈 또한 가난한 사람 것이다.

"콩 한 쪽도 나누어 먹는다"는 속담이 나눔의 가치를 담고 있다는 건 다 안다.

콩 한 쪽은 아주 작고, 아무리 작은 것도 나누어 먹는다는 말이고, 어려울 때 있는 걸 서로 나누어 서로 도우며 살자는 말이라는 걸 다 안다.

그러나 이것을 실천하는 사람은 얼마나 될까?

말로는 쉽지만 직접 실천하기는 힘든 게 현실이다.

아무리 작은 것도 서로 나누면 서로 정이 생기고 사회는 밝아진다. 이것이 작은 콩 한 쪽의 큰 힘이다. 기적의 힘이다.

046

받는 것보다
주는 것이

　내가 인간의 여러 언어와 천사의 언어로 말한다 하여도 나에게 사랑이 없으면 나는 요란한 징이나 소란한 꽹과리에 지나지 않습니다.

　내가 예언하는 능력이 있고 모든 신비와 모든 지식을 깨닫고 산을 옮길 수 있는 큰 믿음이 있다 하여도 나에게 사랑이 없으면 나는 아무것도 아닙니다.

　내가 모든 재산을 나누어 주고 내 몸까지 자랑스레 넘겨준다 하여도 나에게 사랑이 없으면 나에게는 아무 소용이 없습니다.

　사랑은 참고 기다립니다. 사랑은 친절합니다. 사랑은 시기하지 않고 뽐내지 않으며 교만하지 않습니다.

　사랑은 무례하지 않고 자기 이익을 추구하지 않으며 성을 내지 않고 앙심을 품지 않습니다.

사랑은 불의에 기뻐하지 않고 진실을 두고 함께 기뻐합니다.

사랑은 모든 것을 덮어 주고 모든 것을 믿으며 모든 것을 바라고 모든 것을 견디어 냅니다.

사랑은 언제까지나 스러지지 않습니다. 예언도 없어지고 신령한 언어도 그치고 지식도 없어집니다…….

그러므로 이제 믿음과 희망과 사랑 이 세 가지는 계속됩니다. 그 가운데에서 으뜸은 사랑입니다.

《신약성경》〈코린토 신자들에게 보낸 첫째 서간〉제13장이 전하는 '사랑'의 가르침이다.

사랑은 받는 것보다 주는 것이 더욱더 귀하다. 이런 사랑은 가족, 친구나 애인, 내가 속한 사회와 나라, 더 나아가 세상에 대한 나의 지극한 배려이다.

〈코린토 신자들에게 보낸 첫째 서간〉은 사도 바오로(Paulus, 10?~67?)

가 쓴 편지로, 《신약성경》 중 한 권이다. 〈고린도1서〉라고도 하는데, 공동번역성서에서는 〈고린토인들에게 보낸 첫째 편지〉, 표준새번역과 개역한글판에서는 〈고린도전서〉로 번역했다.

당시 소아시아의 에페소 교회에서 코린토 교회가 여러 파로 나뉘어 싸우고 있다는 소식을 듣고 눈물을 흘리면서 회개를 촉구했던 바오로의 심정이 가장 잘 나타나 있는 서신이다.

〈로마서(로마에 있는 신자들에게 보내는 편지)〉가 가장 이성적인 서신이었다면, 〈코린토 신자들에게 보낸 첫째 서간〉은 가장 감정적인 서신이다. 죄가 많은 곳에 은혜도 또한 넘친다는 구절이 이 서신 전반에 걸쳐 느껴진다.

겸손 편

047

신발 끈

사제들과 레위인들이,

"당신은 누구요?"

하고 물었을 때, 요한은 서슴지 않고 고백하였다.

"나는 그리스도가 아니다."

하고 고백한 것이다. 그들이,

"그러면 누구란 말이오? 엘리야요?"

하고 묻자 요한은,

"아니다."

하고 대답하였다.

"그러면 그 예언자요?"

하고 물어도 다시,

"아니다."

하고 대답하였다. 그래서 그들이 물었다.

"당신은 누구요? 우리를 보낸 이들에게 우리가 대답을 해야 하오. 당신은 자신을 무엇이라고 말하는 것이오?"

요한이 말하였다.

"나는 이사야 예언자가 말한 대로 '너희는 주님의 길을 곧게 내어라' 하고 광야에서 외치는 이의 소리다."

그들은 바리사이들이 보낸 사람들이었다. 이들이 요한에게 물었다.

"당신이 그리스도도 아니고 엘리야도 아니고 그 예언자도 아니라면, 세례는 왜 주는 것이오?"

그러자 요한이 그들에게 대답하였다.

"나는 물로 세례를 준다. 그런데 너희 가운데에는 너희가 모르는 분이 서 계신다. 내 뒤에 오시는 분이신데, 나는 그분의 신발 끈을 풀어 드리기에도 합당하지 않다."

이는 요한이 세례를 주던 요르단 강 건너편 베타니아에서 일어난 일이다.

《신약성경》〈요한복음서(Johannes福音書)〉제1장 19-28절이 전하는 '세례자 요한의 증언'이다.

이렇게 증언한 세례자 요한(洗禮者 Johannes)의 자기 성찰은 믿는 사람들에게 신앙의 모범이 되고 있다. 세례자 요한은 《신약성경》에 나오는 인물로, 유대인 제사장의 아들로 태어나 요단강가에서 예언 활동을 했고, 예수에게 세례를 주었다. '세례요한'으로도 불리며, 36년경 세상을 떠난 것으로 알려져 있다.

"나는 그분의 신발 끈을 풀어 드리기에도 합당하지 않다."
라고 하면서 세례자 요한은 자신을 겸손(謙遜, 謙巽)으로 낮추고, 뒤에 오신다는 예수를 들어올린다. 참으로 중요한 것은 서로가 서로에게 겸손하면서 사랑과 감사를 전하는 것이다.

사전에 '겸손'은 "남을 존중하고 자기를 내세우지 않는 태도가 있음"이라고 풀이되어 있다.

〈요한복음서(Johannes福音書)〉의 저자는 마태오(마태), 마르코(마가), 루카(루가) 등 다른 복음서 저자들과는 다른 전승을 바탕으로 성경을 쓴 것으로 보인다. 〈요한복음서〉는 '공관복음서'라고 불리는 다른 복음서들과 내용이 약간 다르기 때문이다. 그러나 예수의 수난과 부활을 비롯한 주요 행적과 그 가르침은 다른 복음서들과 마찬가지로 예수는 그리스도라는 점을 명백히 증거하고 있으며, '예수께서 그리스도이자 하느님의 아들이심을 믿어 영원한 생명을 얻게 하려고 한다'라는 저작 목표를 밝히고 있다.

〈요한복음서〉는 전통적으로 사도 요한이 쓴 것으로 추정되어 왔으나, 성서학자들은 〈요한복음서〉의 저자가 '요한학파'라고 불리는 신학 공동체 일원이며, 최소 2명 이상일 것으로 보는 시각도 있다.

사도 요한(使徒 Johannes)은 예수의 열두 제자 가운데 한 사람이다. 갈릴리 어부의 아들로, 베드로 다음가는 예수의 애제자였다. 대야고보와 형제 관계로 알려져 있다. '요한'이라는 이름의 뜻은 "자비로우신 주님(야훼, 하느님)"이다. 100년경 세상을 떠난 것으로 알려져 있다.

048

죽을죄를
지었습니당

조선 세종 때 어느 날이었다. 좌의정 맹사성이 어머니 산소에 성묘를 하러 집을 나섰다. 벼슬이 높은 명재상이었지만 청백리인 맹사성은 여느 때와 같이 늘 입는 허름한 옷차림에 소를 타고 한 하인만 데리고 길을 떠났다. 그의 모습은 누가 봐도 가난한 시골 선비였다.

고향인 충청남도 온양으로 가 어머니 산소에 성묘를 잘 마친 맹사성이 서울로 돌아오는 길이었다. 그런데 갑자기 하늘이 시꺼메지더니 비바람이 몰아쳐서 근처 주막을 찾아들어 갔다. 그때 말을 타고 먼저 온 한 젊은 선비는 가장 좋은 자리를 차지하고 있었다. 얼마쯤 지나자 심심해진 젊은 선비는 자리에서 일어나 거드름을 피우며 주막 여기저기를 기웃거렸다. 그 모습은 거만하기 짝이 없었다. 그러다가 젊은 선비는 구석진 자리에 초라하게 앉아 있는 맹사성을 보았다.

"영감, 심심한데 우리 우스운 이야기나 나눠 봅시다."

젊은 선비가 건방지게 말을 걸었지만 맹사성은 아무렇지 않게 그 말을 받았다.

"나도 심심하던 참인데 잘되었소. 그럼 우리 말끝에 '공' 자, '당' 자를 붙여 묻고 답해 봅시다."

"그거 좋소."

"젊은이는 어디로 무엇을 하러 가는공?"

맹사성이 먼저 젊은 선비에게 물었다.

"서울에 과거 시험 보러 간당."

어깨에 힘을 준 젊은 선비는 거만을 떨며 반말로 대답했다.

"서울에 벼슬자리 내줄 사람은 있는공?"

"없당."

"그럼 내가 벼슬 한자리 줄공?"

젊은 선비가 듣고 보니, 과거 시험 보러 간다는데 벼슬자리를 준다는 이 영감은 머리가 돈 사람 같았다.

"하하하. 영감, 바라지도 않는당."

맹사성과 젊은 선비는 이렇게 말을 주고받다 비가 그치자 각자 헤어져 갈 곳으로 갔다.

과거 시험이 끝난 뒤에 급제자들은 관리들에게 인사를 하러 갔다. 그때 윗자리에 앉은 고관들 가운데 한 사람이 젊은 선비를 알아보고 기뻐 미소를 짓고 물었다.

"그래, 시험은 잘 보았는공?"

'어라, 저 저 영감은!'

젊은 선비는 그제야 비 오던 날 주막에서 만났던 영감이 하늘 같은 좌의정이었다는 것을 알아챘다. 젊은 선비는 어쩔 줄을 몰라 하다가 넙죽 엎드려 온몸을 사시나무 떨듯이 바들바들 떨며 대답했다.

"자 자 잘 보았습니당."

"그래, 과거에 급제한 기분은 어떠한공?"

"주 죽을죄를 지었습니당."

껄껄 웃은 맹사성은 바짝 긴장해 있는 젊은 선비를 달래 주었다. 그런 뒤에 관리들과 대신들에게 비를 피하러 들렀던 주막에서 있었던 일을 이야기해 주었다. 그 이야기를 듣고 모두 감동해 웃었다.

이런 일이 있은 뒤에 젊은 선비와 좌의정 맹사성이 묻고 답한 것을 '공당 문답'이라고 했다.

맹사성은 조선 세종 때 명재상이다. 그러나 그는 젊었을 때 작은 찻잔에 흘러넘치던 찻물을, 낮은 문틀에 머리를 부딪쳤던 아픔을 생각하며 늘 수양하면서 예의 바르게 행동했고 또한 겸손했다. 그런 겸손으로 좌의정 맹사성은 주막에서 초라한 자기 모습을 보고 거만하게 굴었던 젊은 선비의 실수를 껄껄 웃음으로 덮어 주었던 것이다.

049

몽당
연필

저는 하느님 손에 쥐어진 몽당연필입니다.

'마더 테레사(Mother Teresa)'로 불리면서 '빈민굴의 성녀(聖女)'로 세상 사람들에게 사랑과 존경을 받는 테레사 수녀의 지극히 겸손한 말이다.

서양 격언에 "재능은 하늘이 주는 것이니 겸손하라. 명성은 사람이 주는 것이니 감사하라. 자만은 자기가 주는 것이니 주의하라"고 했다.

테레사 수녀는 평생을 가난하고 병든 사람들과 함께하면서, 자만하지 않았고 감사하며 사랑과 봉사의 정신으로 겸손하게 살았다.

가진 것이 많을수록 줄 수 있는 것은 적습니다.

가난은 놀라운 선물이며 우리에게 자유를 줍니다.

아프도록 사랑하면 아픔은 사라지고 더 큰 사랑만 남습니다.

위대한 행동이라는 것은 없습니다.
위대한 사랑으로 행한 작은 행동들이 있을 뿐입니다.

교만은 모든 것을 파괴시킵니다.
예수님을 따르려거든 진정 온유하고 겸손해야 합니다.

저는 하느님 손에 쥐어진 몽당연필입니다.
그분이 언제 어디서든 당신을 쓸 수 있도록, 그분 손에 쥐어진
작은 도구가 되십시오.

마더 테레사는 이렇게 속삭인다. 이 속삭임은 큰 울림이 되어
우리를 사랑 가득한 겸손의 길로 이끈다.

테레사 수녀(Mother Teresa of Calcutta, 1910~1997)는 알바니아계 인

도 국적의 로마가톨릭교회 수녀이다. 본명은 아녜저 곤제 보야지우(알바니아어 : Anjezë Gonxhe Bojaxhiu)이다. 1928년 수녀가 된 뒤 1948년 인도에서 '사랑의 선교 수녀회'를 창설해 평생을 가난하고 병든 사람들을 위해 봉사했고, 1979년 노벨 평화상을 받았다. 1997년 87세로 세상을 떠났다. 2003년 10월 19일 교황 요한 바오로 2세에 의해 성인[聖人/(성녀)] 바로 아래 단계인 복녀(福女) 반열에 올랐다. 2016년 6월 현재 가톨릭교회는 성인(성녀) 반열에 올리기 위한 시성 절차를 진행하고 있다.

050

언제나
기쁜 일

한 흑인이 앨라배마 주에 있는 터스키기 대학교 근처에 있는 동네를 산책하고 있었다. 그 동네에는 부자들이 살고 있었다.

흑인이 어느 집 앞을 지나고 있을 때였다. 창문으로 밖을 내다보던 백인 부인이 그를 보았다.

'차림새가 깔끔한 흑인이네. 바쁘게 걷지 않는 걸 보니 일거리를 찾나 봐. 그래, 힘쓸 일이 있는데 잘됐네.'

이렇게 생각한 백인 부인은 서둘러 대문을 열고 나와 흑인에게 소리쳤다.

"이봐요, 일거리를 찾나요?"

"……."

고개를 갸우뚱한 흑인은 아무 대답도 없이 백인 부인을 멀뚱멀뚱 바라보기만 했다.

"품삯은 잘 쳐줄 테니까 장작 좀 패 줄래요? 몇 달러를 주면 되겠어요?"

잠시 머뭇거리던 흑인은 씨익 웃고 대답했다.

"몇 달러요? 허허허, 품삯은 제가 일한 걸 보고 알아서 쳐주시면 됩니다."

흑인은 백인 부인을 따라 마당 한쪽으로 성큼성큼 걸어갔다. 겉옷을 벗고 소매를 걷어붙인 그가 쌓여 있는 통나무를 도끼로 패기 시작했다.

얼마 뒤에 흑인이 말했다.

"부인, 장작을 다 팼습니다. 이걸 어디로 옮길까요?"

"괜찮아요."

"그래도 시작한 일이니 마무리를 깨끗하게 해야죠."

"그 그럼, 이리로."

흑인은 백인 부인이 안내해 준 대로 집 안에 있는 벽난로 옆에 팬 장작을 차곡차곡 쌓아 놓았다. 일이 다 끝나자 백인 부인은 그에게 몇 달러를 내주었다. 그가 대문을 열고 나서는데 마침 심부름 갔다 돌아온 흑인 하녀와 마주쳤다. 둘은 서로 눈인사를 나누었다. 고개를 갸우뚱한 그 집 하녀는 일을 마치고 돌아가는 흑인 뒷모습을 지켜보다 박수를 짝 치고 후닥닥 뛰어 들어갔다.

백인 부인에게 간 하녀가 물었다.

"주인마님. 지금 나간 흑인요, 왜 왔데요?"

"내가 일을 시켰어."

"일을 시키시다니요?"

"저기 벽난로 옆에 장작 보이지. 그가 팬 거야."

"장작을요? 마님, 그분은 대학교 총장님이세요."

"초 총장니임?"

"네, 마님. 부커 워싱턴 박사님이랍니다. 얼마 전 교회에서 목사님이 예배가 끝난 뒤에 유명한 흑인 교육가라고 소개해 주셨지요. 터스키기 대학교 총장님으로 취임해 오셨다고요."

"어머나, 이를 어쩐담. 난 일거리를 찾아다니는 사람인 줄 알고 일을 시킨 건데. 그런데 그분이 터스키기 대학교 총장이라니······."

당황한 백인 부인은 다음 날 아침에 총장실로 찾아가,

"총장님, 어제는 정말 죄송했습니다. 제가 알아뵙지 못하고······."

라면서 사과했다. 그러자 부커 워싱턴 총장은,

"부인, 괜찮습니다······."

하고 위로했다. 그러고 나서 총장이 덧붙여 말했다.

"저는 가끔 가벼운 육체노동 하는 걸 좋아한답니다. 마침 그땐 특별한 일도 없어 시간 여유도 있었고요. 부인, 이웃을 돕는 건 언제나 기쁜 일이잖습니까, 허허 허허허······."

제정 러시아의 사상가이며 작가로,《부활》,《전쟁과 평화》,《안나 카레니나》 등 대작을 쓴 톨스토이(Lev Nikolaevich Tolstoy, 1828~1910)가 말했다.

"겸손한 사람은 모든 사람에게서 호감을 받는다. 우리는 누구나 모든 사람에게서 호감을 받고 싶어 한다. 그런데 사람들은 다른 사람에게 호감은 받으려고 하면서, 겸손한 사람이 되려는 노력은 왜 하지 않을까?"

우리 주변에는 겸손한 사람보다 잘난 사람이 훨씬 더 많다. 그래서 그들에게 한마디 더한다.

"겸손할 줄 모르는 사람은 늘 다른 사람을 비난만 한다. 그는 다른 사람의 잘못은 잘 안다. 그래서 그 욕심과 죄는 더 커지고 입도 갈수록 더욱더 커진다."

못 알아봐서 미안하다고 사과한 백인 부인에게 대학교 총장은 이웃을 돕는 건 언제나 기쁜 일이라고 겸손하게 말했다.

이 겸손은 오히려 부인의 호감을 샀다.

우리 자신을 깊이 되돌아보게 한다.

나는 어떤 겸손으로 이웃에게 호감을 사겠는가?

051

왜 어린이를
내세웠을까?

어느 날 스승이 제자들에게 말했다.

"신의 위대함은 신의 창조물에서 볼 수 있지. 그러나 그 창조물들을 아무리 정밀하게 분석해도 위대함을 창조물에 옮긴 그 신을 볼 수는 없다네. 이는 자기 몸을 아무리 샅샅이 살펴도 자기 영혼을 볼 수 없는 것과 같은 이치라네. 시인의 도량은 그가 심혈을 기울여 구사한 시에서 볼 수 있지. 그러나 그가 쓴 시들을 아무리 정밀하게 해독해도, 도량을 종이에 옮긴 그 시인을 볼 수는 없는 것과 같은 이치라네."

이에 한 제자가 스승에게 물었다.

"그렇다면 저희가 어떻게 해야 신을 볼 수 있습니까?"

"창조물을 보면 신을 볼 수 있지. 그러나 분석은 금물!"

스승이 제자에게 대답했다.

이어 다른 제자가 스승에게 물었다.

"그렇다면 어떻게 보아야 합니까?"

"먼저 특이한 방법으로 볼 수 있는 눈을 갖추어야 한다네."

스승이 제자에게 대답했다.

이어 또 다른 제자가 스승에게 물었다.

"그런 눈은 어떻게 하면 가질 수 있습니까?"

"어린이같이 되면!"

스승이 제자에게 대답했다.

이어서 스승이 제자들에게 말했다.

"농부가 석양의 아름다움을 찾아 나서도 보이는 건 하늘과 지평선, 태양과 달, 별과 구름, 산천초목뿐일 걸세. 아름다움이란 사물을 그저 보는 게 아니고, 특이한 방법으로 봐야 한다는 걸 명심해야 한다네. 신은 사물에서 볼 수 없다는 걸 깨닫기 전에는, 신을 찾아다녀 봤자 헛일일세. 그래서 특이한 방법으로 모든 걸 보는 어린이 같은 눈이 있어야 하는 걸세. 세밀하게 짜서 완성한 교리나 독특하고도 새로운 교리로 만들어진 창조물이라는 그물에서 벗어나, 자유롭게 보는 어린이 같은 눈이 필요한 걸세."

"……."

"어린이들이 나에게 오는 것을 막지 말고 그냥 놓아두어라. 사실 하느님의 나라는 이 어린이들과 같은 사람들의 것이다. 내가 진실로 너희에게 말한다. 어린이와 같이 하느님의 나라를 받아들이지 않는 자는 결코 그곳에 들어가지 못한다."

《신약성경》〈루카복음서(Luke福音書)〉 제18장 16-17절이 전하는 예수의 가르침이다.

예수는 왜 어린이를 내세웠을까?

미래에 대한 희망에 가득 차 있기 때문에, 주어진 행복에 만족하고 감사하기 때문에, 부모를 신뢰하고 그 가르침에 순종하며 받들기 때문에, 무엇보다도 자기를 낮추고 겸손하기 때문에.

루카[루카스, 루가, 누가(Luke, ?~?)]는《신약성경》〈루카복음서〉·〈사도행전〉의 저자이다. 그리스의 의사로, 바오로의 동역자(同役者)가 되어 여러 차례에 걸친 전도 여행에 그를 따라다녔다. 일반적으로 신학자들은 〈루카복음서〉의 저자 루카는 〈사도행전〉의 저자와 일치한다고 보고 있다. '루카'를 개신교와 천주교에서 같이 번역한 한글성경인 공동번역성서에서는 '루가', 개신교회에서는 '누가'로 음역해 왔다. 성서학자들은 루카가 복음서를 쓰면서 Q문서와 최초의 복음서로 불리는 〈마르코복음서〉를 참조했을 것으로 보고 있다.

052

참사람의
위엄과 덕망

때는 조선시대.

어느 날 학자 김안국(金安國)이 자식들을 불러 앉히고 물었다.

"너희는 내가 오만한 태도로 다른 사람들을 비방하는 걸 들어보았느냐?"

"아니요."

"들은 적 없습니다, 아버님."

자식들이 대답을 듣고 고개를 끄덕인 김안국이 말을 이었다.

"그래, 난 그런 적이 없다. 그러니 내가 죽더라도, 다른 사람들에게 내 자식들이 그렇게 말하고 행동한다는 말을 듣고 싶지 않다. 그러니 너희는 늘 언행에 겸손하고 조심하거라. 이것이 참사람의 위엄과 덕망이다. 알았느냐?"

"네, 아버님."

"아버님, 명심하겠습니다."

사람이 늘 언행에 겸손하지 못하고 조심하지 못해서, 참사람의
위엄과 덕망을 갖추지 못하면, 그 사람은 옷 입은 짐승으로 세상을
마칠 것이다.

김안국(金安國, 1478~1543)은 조선 전기의 문신이자 학자이다. 자는
국경(國卿), 호는 모재(慕齋), 시호는 문경(文敬), 본관은 의성(義城)이다.
예조판서, 대제학 등을 지냈다. 김안국은 박학하고 문장에 능한 성리학
자이다. 저서에《모재집(慕齋集)》,《모재가훈(慕齋家訓)》,《동몽선습(童
蒙先習)》등이 있다.

053

이발사의
호통

어느 날 탁발 수도승이 지나가다 이발소에 가서 동냥을 청했다. 이발사는 수도승에게 동냥은 물론 이발에 면도까지 해 주었다. 모두 공짜로.

이발소에서 나온 탁발 수도승은 그날 얻은 동냥 중 첫 번째 동냥을 이 고마운 이발사에게 주기로 마음먹었다.

수도승은 동냥하기 좋은 길목에 자리를 잡았다.

마침내 한 부자가 나타났다. 수도승은 그 부자에게 동냥 그릇을 흔들어 보였다. 그러자 부자는 가득 찬 돈주머니를 선뜻 수도승에게 동냥했다.

돈주머니를 이발사에게 준 탁발 수도승은 마음이 흡족했다.

그러나 이발사는 마음이 불편했다. 아니, 화가 나서 얼굴이 벌겋게 달아올라 버럭 소리쳤다.

"사람이 한 봉사에 값을 치르다니, 부끄럽지도 않소? 당신, 수도승 맞소?"

탁발 수도승은 가슴이 뜨끔했다. 정말 부끄러웠기 때문에.

왜?

잘못된 겸손 때문에.

054

사람을 위대하게
하는 것은

슈바이처(Albert Schweitzer)가 아프리카 선교를 마치고 고향으로 돌아올 때였다.

이 소식을 듣고 많은 사람들이 슈바이처가 도착할 기차역에서 기다렸다. 환영하려고.

마침내 기차가 도착하자 사람들은 일등칸 앞으로 우르르 몰려갔다. 그러나 손님들이 다 내릴 때까지 슈바이처는 보이지 않았다.

"어, 여기 안 타셨네. 혹시 이등칸을 타고 오셨나?"

사람들은 다시 이등칸으로 우르르 몰려갔다. 그런데 이등칸에도 슈바이처는 없었다.

"그럼 삼등칸을 타고 오셨을까요?"

"연세도 있으신데, 박사님이 불편한 삼등칸을 타고 오셨을라구?"

"그래도 모르니, 가 봅시다."

설마 하는 마음으로 사람들은 삼등칸으로 또 우르르 몰려갔다.

"어라, 저기 박사님이!"

그랬다. 편안한 기차 일등칸이 아닌 불편한 삼등칸 맨 끝에서 슈바이처가 내리고 있었다.

"박사님처럼 위대하신 분이 왜 삼등칸을 타고 오셨습니까?"

"연세가 있으셔서 몸도 불편하실 텐데, 왜 일등칸을 타지 않으셨습니까?"

사람들이 묻자 싱긋 웃은 슈바이처가 대답했다.

"이 기차에는 사등칸이 없더군요. 그래서……."

겸손은 사람을 위대하게 한다. 사람이 겸손하면 그 사람 인생의 앞길에는 존귀함이 기다린다.

슈바이처(Albert Schweitzer, 1875~1965)는 독일의 신학자·철학자·음악가·의사이다. 아프리카 가봉에 병원을 세워 원주민의 치료에 헌신했으며, 핵실험 금지를 주창하는 등 인류의 평화에 공헌했다. 1952년 노벨평화상을 받았다. 저서에 《문화와 윤리》,《라이마루스에서 브레데까지》 등이 있다.

055

부드러움과
낮춤의 힘

스승 상용(商容)이 세상을 떠나려 하자 노자가 말했다.

"스승님, 마지막으로 가르침을 주십시오."

상용은 입을 크게 벌려 노자에게 보여 주었다.

상용이 물었다.

"내 혀가 있는가?"

"네. 있습니다, 스승님."

상용은 다시 입을 크게 벌려 노자에게 보여 주었다.

상용이 다시 물었다.

"내 이는 있는가?"

"하나도 없습니다."

"알겠는가?"

스승이 묻자 노자가 되물었다.

"강한 게 없어지면 부드러운 게 남는다는 말씀인가요?"

"그렇다네……."

"유약겸하 여민동락(柔弱謙下 與民同樂)"이란 "강자와의 경쟁을 피하고 몸을 낮추되 늘 대중의 편에 서야 한다"는 말이다.

이 말 중에서도 "유약겸하"에 부드러움과 낮춤의 힘이 숨어 있다. 강한 것은 남을 부수지만 끝내 자기가 먼저 깨진다. 부드러워야 오래 간다. 어떤 강한 충격도 부드러운 완충 앞에서는 그 힘을 못 쓴다. 강한 것을 물리치는 힘은 부드럽고 너그럽게 나를 낮추는 데서 나온다. 이것이 겸손의 힘이다.

겸손하게 세상을 산다는 것이 얼마나 어려운지는 모두 다 잘 안다. 모두 다 잘 아는 그만큼 실천하기는 더 어렵다. 그래서 종교에서는 겸손을 '인생의 덕'이라 한다.

불교에서는 자기를 낮추고 남을 높이는 것을, 마음을 내려놓는다 해서 '하심(下心)'이라 하고, 도교에서는 '겸하(謙下)의 도'라고 한다. 그리고 기독교에서는 자기를 낮추고 남을 섬긴다 해서 '섬김'이라고 한다.

056

청년 마음에
스며든 것은

'아, 이렇게 그만둘 수는 없다!'

구원을 얻으려 깊은 산속 동굴에서 도를 닦던 청년은 흔들리는 마음을 단식으로 바로잡으려고 했다. 그러나 지나친 단식으로 기절하고 말았다.

청년은 별빛이 총총 박힌 오솔길을 걷고 있었다. 청년이 걸음을 멈춘 곳은 그가 도를 닦던 동굴 앞이었다.

"어!"

청년이 놀란 것은 그가 도를 닦던 동굴 왼쪽에 보지 못했던 동굴이 보였기 때문이다.

청년은 빨려들 듯 동굴로 들어갔다.

넓은 동굴은 기막힌 음식 냄새로 가득했다. 청년 등줄기에서 땀이 주룩 흘러내릴 때쯤 환하고 확 트인 광장이 나타났다. 그 광장은 군침을 돌게 한 냄새와는 달리 아수라장이었다. 광장 한가운데에 큰 가마솥이 걸려 있었고, 사람들은 가마솥에서 서로 음식을 떠먹겠다며 서로 밀고 당기고 있었다. 어렵사리 숟가락으로 음식을 떠냈어도 입에 넣을 수가 없어서 바닥에 쏟고 말았다. 모든 숟가락이 제 주인 키만 했기 때문에.

동굴을 빠져나온 청년은 또 깜짝 놀랐다.

"어라!"

그가 도를 닦던 동굴 오른쪽에 보지 못했던 또 다른 동굴이 보였기 때문이다.

청년은 빨려들 듯 동굴로 들어갔다.

좁은 동굴에서는 기막힌 음식 냄새보다 더 감미로운 향내가 났다. 청년 등줄기에서 땀이 주룩 흘러내릴 때쯤 나타난 환하고 탁 트인 광장 한가운데에도 큰 가마솥이 걸려 있었다. 숟가락 역시 제 주인 키만 했다.

그러나 이 가마솥 주위에서는 밀고 당기는 모습을 볼 수 없었다. 광장 바닥에는 쏟아진 음식도 없었다. 사람들은 제 키만 한 숟가락으로 서로가 서로에게 음식을 떠먹여 주고 있었기 때문에.

"똑 똑 똑……."

동굴 천장에서 떨어진 물방울이 청년 입으로 스며들었다. 밝은 아침 햇살이 동굴로 쏟아져 들어왔다. 정신을 차린 청년은 가슴을 활짝 펴고 맑은 아침 공기를 한껏 들이마셨다. 오른쪽 동굴에서 맡 았던 향내가 마음에 스며들었다.

좁은 동굴에서는 기막힌 음식 냄새보다 더 감미로운 향내가 났다. 제 키만 한 숟가락으로 서로가 서로에게 음식을 떠먹여 주는 사람들에게 서 나는 향내였다. 이 향내가 청년 마음결 틈틈이 스며든 것이다.

이런 사람에게선 향내가 난다.

이 향내가 바로 겸손의 향내이다.

057

자신을
낮추는 이는

누구든지 자신을 높이는 이는 낮아지고 자신을 낮추는 이는 높아질 것이다.

《신약성경》〈마태오복음서〉제23장 12절이 전하는 가르침이다.
《신약성경》〈루카복음서〉제14장 1-11절에서도 같은 가르침을 전한다.
예수님께서 어느 안식일에 바리사이들의 지도자 가운데 한 사람의 집에 가 음식을 잡수실 때 일이다……. 예수님께서는 초대받은 이들이 윗자리를 고르는 모습을 바라보시며…… 말씀하셨다.
"누가 너를 혼인 잔치에 초대하거든 윗자리에 앉지 마라. 너보다 귀한 이가 초대를 받았을 경우, 너와 그 사람을 초대한 이가 너에게 와서, '이분에게 자리를 내드리게' 할지도 모른다. 그러면 너는 부끄러워하며 끝자리로 물러앉게 될 것이다. 초대를 받거든 끝자리에 가서 앉아라. 그러면 너를 초대한 이가 너에게 와서, '여보게, 더 앞자리로 올라앉게' 할 것이다. 그때에 너는 함께 앉아 있는 모든 사람 앞에서 영광스럽게 될 것이다. 누구든지 자신을 높이는 이는 낮아지고 자신을 낮추는 이는 높아질 것이다."

예수는 잔치에 초대받으면 끝자리, 즉 낮은 자리를 택하라고 가르치면서 겸손을 말한다.

겸손은 사람을 위대하게 만든다. 그래서 겸손한 사람은 누구에게나 사랑을 받는다.

058

또 다른 물로
차고도 넘쳐

깊은 산속에 작지만 맑은 옹달샘이었다.

어느 날 여우를 쫓다가 놓친 호랑이가 숨을 할딱이며 옹달샘에게 왔다.

"어흥. 배도 고프고 목도 마른데 마침 잘되었다. 내가 모두 너를 마셔야겠다."

"그렇게 하세요."

옹달샘을 모두 마신 호랑이는 물로 가득 찬 배를 출렁이며 숲속으로 돌아갔다. 바닥이 드러난 옹달샘은 물기가 마르면서 몸이 트기 시작했다.

다음 날 새벽에 옹달샘이 눈을 떴다. 밤새 새로운 물로 가득 찬 옹달샘 두 눈에는 샛별이 묻어 있었다.

해님이 동산에서 기지개를 켜자 여우가 허겁지겁 옹달샘에게 달려왔다.

"캥캥. 밤새 심술 사나운 호랑이한테 쫓겨 다니느라, 배도 고프고 목도 마른데 마침 잘되었다. 내가 너를 모두 마셔야겠다."

"그렇게 하세요."

옹달샘을 모두 마신 여우는 물로 가득 찬 배를 출렁이며 숲속으로 돌아갔다. 다시 바닥을 드러낸 옹달샘은 물기가 마르면서 몸이 트기 시작했다.

해님은 점점 더 뜨거운 햇살을 뿌렸다. 옹달샘은 온몸이 쩍쩍 갈라지기 시작했다. 아픔을 이기지 못한 옹달샘은 까무룩 기절하고 말았다.

시간이 얼마나 흘렀을까.

눈을 뜬 옹달샘이 제 몸을 살폈다. 옹달샘은 또 다른 물로 가득 차 있었다.

해님이 봉숭아 빛 이불 속으로 들어가자 달님은 초롱초롱 별님들과 산책을 나왔다. 옹달샘은 반짝이는 달님과 별님들을 몸속 깊이 간직했다.

"옹달샘 아가씨."

"숲속의 귀염둥이들아, 어서 오렴."

"심술 사나운 호랑이 임금님과 욕심 많고 꾀 많은 여우 박사님 때문에 옹달샘 아가씨를 다시는 못 볼 줄 알았어요."

"난 그대로야. 너희도 목이 마르겠구나. 어서 와 나를 마시렴."

"고맙습니다, 옹달샘 아가씨."

옹달샘을 배불리 마신 산비둘기 가족과 다람쥐 가족은 물로 넉넉하게 찬 배를 출렁이며 숲속으로 돌아갔다.

휘익 불어온 바람결에 남은 물이 아롱아롱 딸려가자 옹달샘은 물기가 마르면서 또 몸이 트기 시작했다. 그러나 옹달샘은 하나도 아프지 않았다.

다음 날 새벽에 깨어난 옹달샘 눈에 묻어 있는 샛별이 더 맑고 더 곱게 빛났다.

옹달샘은 밤새 또 다른 물로 가득 차고도 넘쳐 골짜기로 흘러가고 있었다. 골짜기로 흘러가는 가느다란 옹달샘 물줄기에도 샛별이 반짝반짝 묻어 있었다.

아무 불평 없이 물을 다 내주고 바닥이 드러난 옹달샘은 물기가 마르면서 몸이 트고, 물기가 마르면서 몸이 또 텄다. 그러면서 몸은 단단해지고 더욱 단단해졌다. 그래서 옹달샘은 하나도 아프지 않았던 것이다.

마침내 겸손한 옹달샘은 밤새 새로운 물로 가득 차고도 넘쳐 골짜기로 흘러갔다. 더 많은 이웃들에게 더욱더 많이 나누어 주려고.

059

오히려
저는

주님, 제 마음은 오만하지 않고 제 눈은 높지 않습니다.

저는 거창한 것을 따라나서지도 주제넘게 놀라운 것을 찾아 나서지도 않습니다.

오히려 저는 제 영혼을 가다듬고 가라앉혔습니다.

어미 품에 안긴 젖 뗀 아기 같습니다.

저에게 제 영혼은 젖 뗀 아기 같습니다.

《구약성경》〈시편(詩篇)〉 제131편 1-2절이 전하는 가르침이다.

높아지기 위해 낮아진 척하는 낮음이 아니라, 위치에 상관없이 일관된 낮음.

그것이 겸손이다.

그러나 마음속은 스스로 높다고 여기면서 겉으로만 낮추는 척하는 것은 위선이다.

많은 사람들은 유명 인사가 되길 원하고 부유하게 살길 바란다. 오만한 사람들도 어떻게 해서든 이런 것을 얻으려 한다. 이들 중 성공한 사람은 자화자찬을 일삼는다. 이런 사람은 겸손과는 거리가 멀어 성공한 그 영예를 자신에게만 돌리고 잘난 척하는 것이다. 이런 사람은 겸손하고 온유한 사람들을 부러워하지 않는다. 경쟁적이고 자만하며 오만해서 자기가 겸손하면 다른 사람들이 자기를 나약한 사람이라며 깔본다고 생각하기 때문이다.

그러나 참다운 겸손은 약하지 않다. 오히려 강하다. 그래서 겸손은 나를 더욱더 크게 만든다. 더 나아가 나만 최고가 되기 위해서가 아니라 함께 최고가 되기 위해서 겸손이 필요한 것이다.

〈시편(詩篇)〉은 종교시(宗敎詩) 150편을 모은 《구약성경》의 한 편(篇)이다. 모세(Moses), 다윗(David), 솔로몬(Solomon), 에스라(Ezra) 등의 작품으로 이루어져 있다. 신의 은혜에 대한 찬미와 메시아에 관한 예언적 내용을 다루고 있다.

060

그녀를 더욱
존경한 이유

1853년 크림전쟁(Krym戰爭)이 터졌다. 제정 러시아가 흑해로 진출하려고 영국, 프랑스, 터키, 사르디니아 공국 연합군과 전쟁을 벌인 것이다. 이 소식을 듣고 영국의 간호사 나이팅게일(Florence Nightingale)은 자원해 전쟁터로 나가 부상병을 간호했다. 1만3천 명이나 되는 콜레라 환자들을 치료해서 군인들은 그녀를 '싸움터의 천사', '광명 부인'이라고 불렀고, 전 세계의 찬사도 받았다.

참혹한 크림전쟁은 1856년, 러시아가 패하고 연합군의 승리로 끝났다. 나이팅게일이 귀국하려 할 때 전 영국 국민은 그녀를 전쟁의 영웅보다도 더 존귀하게 맞이하려고 대대적인 환영 준비를 했다. 그러나 나이팅게일은 명예스러운 훈장이나 자기가 영광스럽게 환영받는 것을 원하지 않았다. 그래서 그녀는 영국으로 귀국하지 않고 아무도 모르게 프랑스로 갔다.

이 사실을 뒤늦게 안 영국 국민은 한때 크게 실망했다. 그러나 나이팅게일이 겸손해서 그렇게 했다는 것을 알고 그녀를 더욱 존경했다.

국민의 존경은 교만한 권력과 재력으로 받는 것이 아니다. 국민의 존경은 겸손한 마음과 실천으로 받는 것이다.

플로렌스 나이팅게일(Florence Nightingale, 1820~1910)은 영국의 간호사이고 작가이며 통계학자이다. 크림전쟁 때 종군 간호사로 활약해 적십자 운동의 계기를 만들었다. 1860년에 간호학교를 개설하고 간호법 개선에 힘썼다. 성공회의 성인(성녀)이기도 하며, 성공회에서는 8월 13일을 나이팅게일의 축일로 지키고 있다. 저서에 《병원에 관한 노트》, 《간호 노트》 등이 있다.

061

내가 너희에게
한 것처럼

파스카 축제가 시작되기 전…… 만찬 때의 일이다……. 예수님께서는…… 식탁에서 일어나시어 겉옷을 벗으시고 수건을 들어 허리에 두르셨다.

그리고 대야에 물을 부어 제자들의 발을 씻어 주시고, 허리에 두르신 수건으로 닦기 시작하셨다……. 예수님께서는 제자들의 발을 씻어 주신 다음, 겉옷을 입으시고 다시 식탁에 앉으셔서 그들에게 이르셨다.

"내가 너희에게 한 일을 깨닫겠느냐? 너희가 나를 '스승님' 또 '주님' 하고 부르는데, 그렇게 하는 것이 옳다. 나는 사실 그러하다. 주님이며 스승인 내가 너희의 발을 씻었으면, 너희도 서로 발을 씻어 주어야 한다. 내가 너희에게 한 것처럼 너희도 하라고, 내가 본을 보여 준 것이다……. 내가 진실로 진실로 너희에게 말한다. 내가 보내는 이를 맞아들이는 사람은 나를 맞아들이는 것이고, 나를 맞아들이는 사람은 나를 보내신 분을 맞아들이는 것이다."

《신약성경》〈요한복음서〉 제13장 1-20절이 전하는 '제자들의 발을 씻어 주시다'이다.

사랑이 사랑을 낳듯 겸손도 겸손을 낳는다. 스승인 예수가 제자들 발을 씻겨 주고 말한다. "내가 너희에게 한 것처럼 너희도 하라"고.

하느님이며 하느님의 아들인 예수, 스승인 예수가 사람의 아들인 제자들의 발을 씻어 주었다.

이보다 더한 겸손이 어디 있겠는가.

예수 그리스도[Jesus Christ, 히브리어 : יֵשׁוּעַ, יְהוֹשֻׁעַ/מָשִׁיחַ(예슈아/마쉬아흐)]는 기독교 창시자이다. 처녀 마리아에게 성령으로 잉태되어 베들레헴에서 태어나 33세쯤에 세례자 요한에게 세례를 받고 복음을 전파하다가 바리새인들에 의해 십자가에 못 박혀 죽었다. 그의 예언대로 죽은

지 사흘 만에 부활하고 40일 뒤 승천했다고 한다. 대부분의 기독교에서는 삼위일체, 곧 성부와 성자와 성령이 한 몸인 하느님이라는 신앙고백에 따라 예수를 동정 마리아에게 잉태되어 강생한 하느님, 완전한 사람, 완전한 하느님이라 여긴다. 흔히 '메시아'라는 뜻의 존칭인 '그리스도'를 붙여 '예수 그리스도'라 부른다. '예수'라는 이름은 히브리어로 "하느님(야훼)은 구원해 주신다"라는 뜻이며, 그리스도는 "기름부음을 받은 자", 즉 "구세주"를 의미한다. 기독교도에게는 그리스도는 "살아 계신 하느님의 아들"이다. 예수의 생애와 행적은 '4복음서'를 비롯한 《신약성경》에서 자세히 다루어지고 있다. 유대교에서는 랍비 중 한 사람으로 여기며, 이슬람교에서는 예수를 무함마드에 앞선 예언자 중 한 사람으로 여긴다.

용기 편

062

꽃이
아름다운 것은

어느 날 제자가 스승에게 물었다.

"진정한 용기(勇氣)란 무엇입니까?"

스승이 제자에게 대답했다.

"용기에는 두 가지 종류가 있네. 그 가운데 하나는 사람을 죽이는 외적인 용기이고, 또 다른 하나는 사람을 살리는 내적인 용기라네. 그대는 이 둘 중 어느 게 더 나은 것이라고 생각하는가?"

"……."

스승이 물었지만 제자는 아무 대답도 못했다.

"내 질문에 그대가 대답을 못한 것처럼, 그대에게 그것에 대한 답을 줄 사람은 이 세상에 아무도 없다네."

"그렇다면 저에게 그걸 제시해 줄 수 없다는 말씀입니까?"

제자가 묻자 스승이 고개를 끄덕였다.

뒷짐을 지고 지나가는 바람을 나무에서 보던 스승이 말했다.

"우리 각자는 모두 자기 나름의 장점과 단점을 동시에 갖고 있네. 내가 그대에게 말할 수 있는 건 이 둘 중에서 그 어떤 것에도 치우치지 말라는 것이네."

"스승님께서는 단점은 버리고 장점을 살리라고 늘 말씀하시지 않으셨습니까?"

제자가 묻자 스승이 대답했다.

"그건 그렇다네. 하지만 나에게서 단점이 없어지면 무엇과 비겨 장점을 찾아낼 것인가. 또 나에게 장점만 있다면 무엇과 비겨 단점을 찾을 것인가."

"그렇다면 제가 어떻게 해야 할지를 가르쳐 주십시오."

"그대가 명심해야 할 것은 이 세상에 어느 누구도 그대가 해야 할 것에 대해서 말해 줄 사람은 없다는 것이라네. 그것이 그대의 자유이며, 책임이기 때문이야. 그리고 충고를 구하기보다는 실제로 일어나고 있는 일이 무엇인가를 더욱 분명히 의식하는 것을 배워야 하네."

스승이 이어 말했다.

"그때 그대는 그 방법에 대해서 스스로 터득하게 될 것이라네. 또 그대가 해야 할 일에 대해서도 스스로 결정을 내릴 수 있을 것이야. 왜냐하면 깨달음은 설교를 들어서 얻거나 누구의 지시를 받아서 얻어지는 것이 아니기 때문이라네. 사람들이 행하는 것은 그들 자신의 책임이지. 그러나 그들의 행동 양식은 자연의 이치를 따르기 마련이라네."

스승이 이어 말했다.

"그러한 이치는 지극히 평범하다네. 꽃이 아름다운 것은 겨울이
지나 봄바람이 불고 비가 내리면 싹이 돋아나고 자라서 향기로운
꽃을 피워, 자연에 순응하며 평범한 이치를 따르기 때문이라네. 그
평범한 이치는 어떤 특별한 것도 포함하고 있으며, 어느 경우에도
적용된다네. 그러나 그대가 무엇을 해야 할지를 결정해 줄 사람은
이 세상에 아무도 없다는 것이야. 그것은 그대가 감당해야 할 몫이
기 때문이라네."

사전에 '용기'는 "씩씩하고 굳센 기운. 또는 사물을 겁내지 아니
하는 기개"라고 풀이되어 있다.

꽃이 아름다운 것은 겨울이 지나 봄바람이 불고 비가 내리면 싹
이 돋아나고 자라서 향기로운 꽃을 피워, 자연에 순응하며 평범한
이치를 따르기 때문이다. 그러나 평범한 이치를 따르려면 "씩씩하
고 겁내지 않는 실천"이라는 '용기'가 필요하다.

내 삶을 되돌아보자. 나는 사람을 죽이는 외적인 용기나 사람을 살리

는 내적인 용기 같은 거창한 용기만 찾는다.

내 주변을 돌아보자. 꽃이 아름다운 것은 겨울이 지나 봄바람이 불고 비가 내리면 싹이 돋아나고 자라서 향기로운 꽃을 피워, 자연에 순응하며 평범한 이치를 따르기 때문이다.

내 마음을 살펴보자. 내가 아무리 평범한 이치라도 그것을 실천하지 않는 게 얼마나 많은가. 내가 굳은 믿음으로 성실하게 평범한 이치를 따르고 실천한다면, 그보다 진정한 용기는 없다.

063

내가
찾는 건

활과 화살로 무장한 사냥꾼이 깊은 산골 마을에 나타났다. 마을 사람들은 사냥꾼 주위로 우르르 모여들었다.

"여러분, 저는 소문을 듣고 왔습니다. 저 산속에 산다는 호랑이를 잡으러 왔습니다."

활을 치켜든 사냥꾼이 마을 사람들에게 자신만만하게 외쳤다.

마을 사람들은 너도나도 호랑이에게 당한 여러 가지 일에 대해 사냥꾼에게 말했다.

"이젠 그런 걱정 마세요. 제가 그 호랑이를 꼭 잡아서 여러분 원한을 풀어 드리겠습니다."

마을 사람들에게 큰소리 땅땅 치고 산속으로 들어간 사냥꾼은 호랑이 발자국을 찾았다.

사냥꾼 이마에 송골송골 땀방울이 솟아날 때였다.

어디선가 바스락 소리가 들렸다.

등골이 오싹했지만 사냥꾼은 꾹 참고 조심조심 화살을 꺼냈다. 그러나 활시위를 당기는 사냥꾼 손은 바들바들 떨렸다.

바스락 소리는 점점 다가왔다.

사냥꾼 다리도 점점 더 후들거렸다. 등줄기에서는 식은땀이 주룩 흘러내렸다.

바스락 소리가 그치고 나뭇잎 사이로 고개를 내민 건 호랑이가 아니었다. 지게를 진 나무꾼이었다.

사냥꾼의 화살이 자기에게 향해 있는 걸 본 나무꾼이 깜짝 놀라 말했다.

"나 난 호랑이가 아니오."

사냥꾼이 화살을 땅으로 돌리자 나무꾼이 안도의 한숨을 내쉬었다.

활시위를 거두며 사냥꾼도 안도의 한숨을 내쉬었다.

"사냥꾼 양반, 아직 호랑이를 못 잡으셨수?"

"네, 아직."

"한 십 리만 더 올라가면 호랑이 굴이 있으니 그리로 가 보슈."

나무꾼이 말했다.

"아 아 아닙니다. 제 제가 찾는 건 호랑이가 아니라……."

사냥꾼이 말꼬리를 끌었다.

"그럼 사냥꾼 양반은 뭘 찾는단 말이오?"

"저 저. 내가 찾는 건 호랑이가 아니고, 호랑이 발자국입니다."

"뭐 뭐라?"

"……."

얼굴이 화끈 달아오른 사냥꾼이 말꼬리를 쑥 감추었다.

"참된 용기란 위험을 두려워하지 않는다는 뜻이 아니고, 옳음을 위해 몸과 마음을 아낌없이 바치는 곳에서 일어나는 것을 의미한다"고 했다.

우리 속담에 "범굴에 들어가야 범을 잡는다"고 했다. 호랑이를 잡아 마을 사람의 원한을 풀어 주겠다고 큰소리 땅땅 친 사냥꾼, 그 용기는 다 어디로 갔을까? 호랑이 굴엔 가지 않고 "호랑이를 그리려다가 강아지(고양이)를 그린" 격이 되었으니 말이다.

064

그러면
주인님도 나를

어느 마을에 한 노인이 돼지와 고양이를 기르고 있었다. 아들딸 시집 장가 다 보내고 마음이 허전해서.

고양이는 창고든, 안방이든 제 마음대로 돌아다니며 온갖 재롱으로 딸을 대신해 주어 노인의 사랑을 독차지했다. 밥시간 때면 노인의 밥상머리에 앉아 아들을 대신해 맛있는 음식도 얻어먹었다.

돼지는 고양이가 무척 부러웠다.

"아이 억울해. 난 매일 이렇게 지저분한 음식 찌꺼기만 먹고 오물 더미에서 자는데, 고양이 저 녀석은 맛난 음식만 먹고 주인님의 깨끗한 잠자리까지도 차지하잖아. 나도 이제부턴 재롱을 떨어야지. 그러면 주인님도 나를 귀여워해 주실 테지?"

어느 날 용기를 낸 돼지는 갇혀 있던 우리에서 힘겹게 빠져나와 당당하게 마당을 지났다. 대청마루를 지나 방으로 늠름하게 들어갔다. 점심을 먹던 노인은 숟가락을 든 채 놀란 부엉이처럼 눈을 크게 뜨고, 고양이처럼 재롱을 떨며 들어오는 돼지를 멍하니 바라볼 뿐이었다. 하지만 돼지는 아무렇지도 않다는 듯이 노인 옆으로 가 고양이처럼 밥상머리에 앉으려다 노인의 밥상을 엎고 말았다.

놀란 노인은,

"악!"

비명을 지르고 나자빠졌다. 돼지는 고양이처럼 나자빠진 노인 손바닥을 그 투박한 혀로 마구 핥아 댔다.

노인의 비명을 듣고 달려온 이웃 사람들이 말했다.

"이 돼지가 미쳤나!"

돼지는 이웃 사람들에게 실컷 두들겨 맞고 다시 시궁창 우리에 갇히고 말았다.

이런 용기, 없는 게 낫다.

"목 메인 개 겨 탐하듯" 한다는 속담이 있다. 이미 목이 멘 개가 겨를 먹으면 더 심하게 멜 텐데도 겨를 탐낸다는 뜻으로, 자기 분수를 돌보지 않고 분수에 겨운 일을 바란다는 말이다.

자기 분수를 모르면 푼수가 된다는 걸 명심해야 한다.

065

폭풍우와
거센 파도를 만나도

1. 목표는 명확하되 수단은 유연하게 하라

프랭클린 델러노 루스벨트(Franklin Delano Roosevelt) 대통령은 1940년 전후에 분열된 미국을 통합했다. 그러면서 미국을 글로벌 리더 국가로 만들었고, 고립주의에서 벗어나 제2차 세계대전에도 참전하게 되었다. 그는 일관되고 명확한 자신의 국정 운영을 요트 항해에 비유했다. 더 좋은 곳으로 가려고 이곳저곳으로 항해하면서 때로는 폭풍우와 거센 파도를 만나고 때로는 표류도 하지만 결국은 원했던 목적지에 도달하게 한다는 것이다.

2. 우리는 타인을 통해 일할 때 더 강해진다

소아마비로 다리가 불구인 루스벨트는 자신의 정치적 성공과 생존을 위해 가족, 친구와 봉사자들에게 기대야 했다. 그러나 그렇게 해서 얻은 지혜로 불구인 다리를 대신했다. 일본이 진주만을 공습하기 전까지 특별한 인물 다섯 명이 그를 보좌하고 있었다. 명문가 출신 외교관 섬너 웰즈, 공화당원이며 뒤에 스파이 수장이 된 '와일드 빌'이라고 불리던 도노반, 사회사업가이며 해결사인 해리 홉킨스, 공화당 대선 후보 웬델 윌키, 그리고 철도 왕 에버렐 해리맨. 루스벨트는 이들을 특사로 유럽에 보냈다. 이는 전쟁과 미국의 미래를 위해 매우 중요한 일이었다. 이들은 그의 외교정책에 중요한 영감을 주었다. 또한 이들은 그의 외교정책의 중요한 실행자로 역할을 다했다.

3. 적을 내 편으로 만들어라

철학자이자 외교관이었던 이사야 베를린은 루스벨트가 "기발하고 새롭고도 다양한 방법으로 인재를 활용한다. 이럴 때에도 그의 뛰어난 유연성과 순발력은 큰 효과를 발휘했다"고 했다. 또한 루스벨트는 과거 대선 후보 라이벌을 포함한 어느 누구라도 내 편으로 만드는 능력이 있었다.

4. 호기심은 매우 유익하다

루스벨트의 국정 운영은 독특했다. 그는 지휘 계통을 분리시켰고, 같은 임무를 여러 사람에게 맡겼다. 그는 이런 방식으로 다양한 정보를 얻었다.

5. 용기를 내세워라

루스벨트의 리더십 중에서 가장 중요한 요소는 단연 용기였다. 그는 자기 장애 때문에 결코 좌절하지 않았다. 매일의 일상에서 그는 놀라운 용기를 보여 주었다.

미국 대통령 루스벨트가 전하는 '리더십 다섯 가지'이다.

프랭클린 델러노 루스벨트(Franklin Delano Roosevelt, 1882~1945)는 미국 제32대 대통령이다. 그는 명확하고 일관된 리더십으로 뉴딜 정책을 펴 미국이 대공황에서 벗어날 수 있었다. 또한 제2차 세계대전 때 연합군에 동참해 나치 독일과 이탈리아, 그리고 일본을 상대로 한 전쟁을 승리로 이끌었다. 세계 평화를 위한 국제조직에 대한 그의 열망은 세상을 떠난 뒤에 국제연합의 결성으로 결실을 맺었다. 그는 대통령에 4번이나 당선되었다. 더욱 놀라운 것은 이 모든 것을 불구의 몸으로 이루어 냈다는 것이다.

066

죽마고우?

　가난한 농부가 무거운 마음으로 암자에서 마음을 닦고 있는 수도승을 찾아왔다.

　"저에게는 사십 년 동안이나 사귄 친구가 있습니다요. 그야말로 죽마고우입죠. 그 친구와는 무슨 일이든지 함께해 왔습죠. 정말 좋은 사이였습죠. 그 친구는 작년에 산을 개간하다가 뜻밖에도 금맥을 찾았지 뭡니까요. 그래서 큰 부자가 되었습죠. 그 뒤부터 그 친구는 아주 다른 사람이 되었습니다요. 길에서 만나도 인사는커녕 저 같은 가난뱅이는 거들떠보지도 않고 그냥 지나쳐 버립니다요. 글쎄 이런 일이 있을 수 있습니까요?"

　농부가 수도승에게 하소연했다.

　"여보게, 이리로 오게."

　농부가 수도승에게 다가갔다.

"창밖을 보게나. 무엇이 보이는가?"

"나무가 보입니다요. 나무 한 그루가 더 보이는댑쇼. 아, 그리고 노파 한 분이 올라오고 있는 게 보이는데, 기도를 드리러 오나 봅니다요."

"그럼 이번에는 이 거울을 보게."

농부는 수도승이 서랍에서 꺼내 내민 손거울을 들여다보았다.

"무엇이 보이는가?"

"못생긴 제 얼굴만 보이는댑쇼."

그러자 수도승이 농부에게 말했다.

"그렇다네. 사람이 가난할 때는 유리로 만든 창밖을 내다보는 것처럼 무엇이나 다 잘 보인다네. 하지만 웬만큼 돈을 벌면 그때는 사람을 가리게 된다네. 게다가 더 많은 돈을 벌려고 욕심을 부린다면 그때부터는 유리 뒤에 수은 같은 걸 바른 거울처럼 자기 이외에는 아무것도 보이지 않게 되는 거라네."

수도승이 농부를 보았다. 순간 농부 눈이 반짝 빛났다.

금맥을 찾아 큰 부자가 된 친구 때문에 기가 팍 죽었던 농부. 수도승 덕분에 큰 용기를 찾아 가벼운 마음으로 돌아갔다. 큰마음 부자가 되어.

067

제나라
선왕의 병

어느 날 제나라 선왕(宣王)이 물었다.

"이웃 나라와 사귀는데 지켜야 할 원칙이 있습니까?"

맹자가 대답했다.

"네, 있사옵니다. 오직 어진 사람만이 대국(大國)으로서 소국(小國)을 섬길 수 있사옵니다. 그래서 큰 나라인 은(殷)나라의 탕왕(湯王)이 작은 나라인 갈(葛)나라를 섬겼고, 큰 나라인 주(周)나라의 문왕(文王)은 작은 나라인 곤이(昆夷)를 섬겼사옵니다."

맹자가 이어 대답했다.

"또한 오직 지혜로운 사람만이 대국으로서 소국을 섬길 수 있사옵니다. 그래서 큰 나라인 주나라의 대왕[大王 : 태왕(太王 : 고공단보 古公亶父)]이 작은 나라인 훈육(獯鬻)을 섬겼고, 큰 나라인 월(越)나라의 구천왕(句踐王)은 작은 나라인 오(吳)나라를 섬겼사옵니다. 대국을 다스리는데도 소국을 섬기는 사람은 하늘의 이치를 즐겁게 받아들이는 사람이고, 소국을 다스리며 대국을 섬기는 사람은 하늘의 이치를 두려워하는 사람이옵니다."

맹자가 이어 대답했다.

"하늘의 뜻을 즐겁게 받아들이는 사람은 천하를 편안하게 하고, 하늘의 뜻을 두려워하는 사람은 그 나라를 편안하게 하옵니다. 《시경》에서도 '하늘의 위엄을 두려워해 나라를 편안하게 했다'고 했사옵니다."

선왕이 맹자에게 말했다.

"참으로 훌륭한 말씀입니다. 그런데 과인에게는 한 가지 병이 있습니다. 용맹을 좋아하는 게 그 병이지요."

맹자가 말했다.

"임금께서는 작은 용기를 좋아하지 마시옵소서. 허리에 찬 칼자루를 어루만지면서 상대방을 노려보고 '네놈이 어떻게 감히 짐을 당해내겠느냐'며 큰소리치는 것은 그저 보통 사람의 용기일 뿐이옵니다. 이건 겨우 한 사람만 대적할 뿐이옵니다."

맹자가 이어 말했다.

"하오니 임금께서는 부디 위대한 용기를 가지시옵소서. 위대한 용기를 《시경》에서는 '왕이 버럭 화를 내고, 군대를 정비해 거(苦)나라를 침략하는 적을 막아, 주나라의 복을 돈독하게 해서, 천하 사람들의 기대에 보답했다'라고 했사옵니다. 이것이 한 번 화를 내 천하 만백성을 편안케 한 문왕의 위대한 용기이옵니다."

맹자가 이어 말했다.

"또한 《서경(書經)》에서는 '하늘이 백성들을 세상에 보내시고, 그들을 위해 누군가는 임금으로 삼으시고, 그들을 위해 누군가는 스승으로 삼으셨다. 이것은 하늘을 도와 만백성을 사랑하고 아끼라는 것이다. 그러니 그들이 죄가 있고 없고는 오직 나에게 달린 것이다. 천하에 그 누가 감히 이 뜻을 어기고 제멋대로 할 수 있겠는가'라고 했사옵니다. 그래서 주나라 무왕(武王)은 천하에 그 누가 감히 이 뜻을 어기고 제멋대로 한다면, 그것을 자기 죄로 여기고 부끄러워했사옵니다. 그 당시 상(商)나라 주왕(紂王)이 천하에서 제멋대로 했사옵니다. 그러자 그것을 치욕스럽게 여긴 무왕도 한 번 화를 내 천하 만백성을 편안케 했던 것이옵니다. 이것은 무왕의 위대한 용기이옵니다."

맹자가 이어 말했다.

"이제 임금께서도 한 번 화를 내 천하 만백성들을 편안케 하신다면, 백성들은 오히려 임금께서 용맹을 좋아하지 않으시면 어쩌나 하고 걱정할 것이옵니다."

《맹자》〈양혜왕 편 하〉에 실려 있는 가르침이다.

나라와 나라 사이에서 소국이 대국을 섬기는 것은 당연하지만 대국이 소국을 섬기는 일은 드물다.

사람과 사람 사이에서도 아랫사람이 윗사람을 섬기지 윗사람이 아랫사람을 섬기는 일은 드물다.

맹자는 이런 경우에 대국을 다스리는데도 소국을 섬긴다면, 하늘의 이치와 사람의 욕심을 분별해 깨달은 사람이라고 한다. 또한 이런 사람만이 천하를 얻어 다스릴 수 있다고 강조한다.

《서경(書經)》은 유학(儒學) 오경의 하나로, 중국에서 가장 오래된 경전이다. 요임금과 순임금 때부터 주나라에 이르기까지의 정사(政事)에 관한 문서를 수집해 공자가 편찬한 책이라고 전한다. 특히, 주나라의 정치철학을 상세하면서도 구체적으로 말한 제일의 자료이다. 크게 〈우서(虞書)〉·〈하서(夏書)〉·〈상서(商書)〉·〈주서(周書)〉의 4부로 나뉘어 있는데 각각 요시대·순시대·하나라·은나라(상나라)·주나라에 관련된 내용을 싣고 있다.

전국시대에는 공문서라는 의미로 《서(書)》라고 했다. 그 뒤 유학을 숭상하고 통치 이념으로 삼았던 한나라 때, 당시의 유학자들은 존중하고 숭상해야 할 고대의 기록이라는 뜻에서 《상서(尙書)》라고 했다. 혹은 상(尙)은 상(上)을 뜻한다고 보아, 상고지서(上古之書, 상고시대의 공문서)라고 해석하기도 했다. 송나라 때에는 유교의 주요 경전인 오경에 속한다는 뜻에서 《서경》이라고 불렀다.

68

도둑과
아버지

어느 날 밤. 차림새가 말쑥한 도둑이 평소에 봐 두었던 집 담장을 폴짝 뛰어넘었다. 집에는 아무도 없었다. 그가 가장 아끼는 장비인 만능열쇠는 안방과 건넛방, 모든 문을 쉽게 열어 주었다. 신바람이 난 도둑은 이 방, 저 방을 다니며 장과 서랍을 열어 값나가는 물건들을 챙겨 가방에 넣었다. 얼굴에는 만족한 미소가 떠올랐다.

바로 그때,

"삐르르 삐르르르……."

전화가 울렸다. 깜짝 놀라 망설이던 도둑은 용기를 내어 수화기를 들었다.

"왜 이제야 들어오셨수. 여보, 또 술 자셨수? 손전화도 안 받으시고. 아휴우, 내가 못살아. 여긴 십자 병원 응급실인데, 우리 아들 만수가 갑자기 쓰러져서 데려왔어요. 빨리 오세요. 딸깍!"

수화기에서 폭포처럼 쏟아지던 목소리가 딸꾹질하듯이 끊어졌다. 도둑이 수화기를 내려놓았다.

도둑은 마음이 왔다 갔다 했다. 직업의식과 자비심 사이에서.

생각 끝에 도둑은 가방을 들고 대문 밖으로 나가 어둠 속에 섰다.

얼마 뒤에 한 남자가 나타나 열쇠를 꺼내 그 집 문을 더듬고 있었다. 도둑이 그 남자에게 다가가 물었다.

"당신 누구요?"

"나 난 이 집 주인이오. 그 근데 당신은 누구요?"

"그럼 됐소. 내가 누구든 그건 상관할 건 없소……."

놀라 되묻는 집주인에게 전화 내용을 전해 준 도둑은 텅 빈 가방을 보여 주고 어둠 속으로 사라졌다. 유유히.

바로 이 도둑은 세 아이를 둔 아버지였던 것이다.

도둑이 이런 용기를 낸 것은 그 집 주인에게 자기가 받은 전화 내용을 알려 주기 위해서였다. 집주인 아들 만수가 갑자기 쓰러져 십자 병원 응급실에 있다고.

참으로 귀한 용기이다. 도둑이 이런 용기를 낸 참 이유는 자기도 아버지였기 때문이다. 세 아이의 아버지.

069

맑은 생각과
밝은 능력으로

"제사를 지내지 않아야 할 귀신에게 제사를 지내는 일", 다시 말해 자기네 조상이 아닌데도 제사 지내는 일은 옳지 않은 방법으로 복을 받으려는 것이다. 이것은 아첨이다.

사람이 하느님과 부처님을 숭배하고 믿으며, 선을 권장하고 악을 징계[권선징악(勸善懲惡)]해서 스스로 몸과 마음을 닦으면서 행복을 얻으려는 일을 '종교'라고 한다. 이것은 옳은 일이다.

그러나 점복, 굿 등은 이치에 어긋나고 옳지 않은 일이다. 이런 것들은 종교적·과학적인 이치에 맞지 않는 미신이므로 마땅히 버려야 한다.

비기귀이제지(非其鬼而祭之)이 첨야(諂也)요,
견의불위(見義不爲)이 무용야(無勇也)니라.

제사를 지내지 않아야 할 귀신에게 제사를 지내는 것은 아첨하는 것이요,

옳은 일인 줄 알면서도 실행하지 않는 것은 용기가 없는 것이다.

《논어》〈위정 편(爲政篇)〉에 실려 있는 공자의 가르침이다.

사람이 자신이 할 수 있는 옳은 일인 줄 알고도 실행하지 않는다면 용기가 없기 때문이다. 이런 사람은 생각이 모자라는 게으름뱅이이거나, 겁쟁이이다.

우리는 마땅히 해야 할 일은 하지 않고 쓸데없는 데에 힘과 시간을 헛되게 쓰는 일이 많다. 맑은 생각과 밝은 능력으로 사물의 이치를 잘 판단해서, 그것이 옳은 일이라고 믿는다면 용감하게 실천해야 한다. 그것이 참되고 옳은 용기이다.

070

전처럼
가난했지만

어느 화창한 날 어느 어촌.

이 마을 사람들은 가난했지만 욕심이 없어 즐거운 마음으로 행복하게 살았다.

어부 상두와 장수는 여느 날처럼 배를 타고 바다로 나가 친 그물을 건져 올렸다.

"영차, 영차!"

"영차, 어영차!"

"장수, 그물이 묵직한 걸 보니 물고기가 많이 잡힌 거 같은데?"

신바람이 난 두 사람은 열심히 그물을 끌어올렸다.

"상두, 저게 뭘까?"

"글쎄, 끌어올려 확인해 보세."

물고기와 함께 그물에 걸려 올라온 것은 큰 나무 궤짝이었다.

두 사람은 궤짝을 열었다. 놀랍게도 궤짝에는 금화가 가득했다. 어떻게 할까 고민하던 두 사람은 돌아가 훈장에게 물어보기로 했다.

"훈장 어른, 금화가 이렇게 많으니 집집마다 나눠 가져도 충분하겠습니다."

"그러면 우리 마을 사람들은 모두 부자가 될 겁니다."

"상두, 장수. 그것은 안 될 말이네. 금화가 든 궤짝을 바다에 도로 갖다 버리게."

"훈장 어른, 가난한 마을 사람들이 이 금화를 나눠 가지면 부자가 될 텐데, 어른께선 달갑지 않으신 모양이죠?"

마냥 착하기만 하던 상두가 웬일인지 비아냥거렸다.

"그게 아닐세. 여보게들, 내 말을 들어 보게. 부자가 되는 것과 행복해지는 것은 물과 불 같은 거라네. 자네들이 말한 것처럼 우리 마을 사람들은 가난하지. 그렇지만 우린 내 것이 네 것이고, 네 것을 내 것으로, 서로 나누면서 살고 있지 않은가. 한마음으로 서로를 사랑하고 도우면서 말일세."

토를 달려고 했지만 훈장 눈빛을 본 상두가 말꼬리를 흐렸다.

"만일 우리 마을 사람들이 부자가 된다면 모든 것이 거꾸로 될 걸세. 내 것은 내 것이 되고, 네 것 또한 내 것으로 만들려고 다툴 게 뻔해. 그렇게 되면 한마음은 두 마음이 되고 두 마음은 네 마음으로 갈라지고, 갈라지고 또 갈라지게 된다네. 이것이 바로 불행의 씨앗인 게야, 알겠는가?"

"잘 알겠습니다!"

상두와 장수는 훈장 뜻에 따라 금화가 든 나무 궤짝을 바다에 도로 갖다 버렸다.

이렇게 해서 마을 사람들은 전처럼 가난했지만 욕심 없이 즐거운 마음으로 행복하게 잘살 수 있었다.

어부 상두와 장수는 재물에 대한 욕심을 버리고, 마을 사람들에 대한 사랑 가득한 용기를 챙겼다. 마을 사람들의 즐겁고 행복한 마음이 갈리지 않게 하려는 용기.

이런 배려 깊은 용기 없이 어떻게 금화가 가득 든 나무 궤짝을 도로 바다에 갖다 버렸겠는가.

071

폐하,
저건

진(秦)나라 시황제(始皇帝)가 세상을 떠나자 이사(李斯)와 손을 잡은 환관(宦官) 조고(趙高, ?~B.C. 208)는 시황제의 죽음을 숨기고 거짓 조서(詔書)를 꾸몄다. 시황제의 명이니 태자 부소(扶蘇)는 자결하라고.

효심이 깊은 부소는 측근들의 만류를 뿌리치고 자살하고 말았다. 태자 부소가 죽자 어린 호해(胡亥)를 황제로 세웠다. 부소는 현명했다. 그러나 호해는,

"천하의 모든 쾌락을 마음껏 즐기며 살겠다."

라고 말했을 만큼 어리석고 졸렬해서 다루기 쉬웠기 때문이다.

조고는 나라 운영에는 관심이 없는 호해를 교묘하게 조종해서 경쟁자인 승상(丞相) 이사(李斯)와 그의 추종자들을 죽이고, 자기가 승상 자리를 차지했다. 마침내 조정의 실권을 장악하자 조고는 점

점 대담해지고 야심도 가지게 되었다.

그런 어느 날이었다.

조고는 자기 힘을 시험하면서 자기를 반대하는 신하들을 가려 내려고 호해에게 사슴을 바쳤다.

"폐하, 소신이 참으로 귀한 말[馬]을 구했기에 바치옵니다. 받아 주시옵소서."

"승상, 저건 사슴이잖소. 그런데 '사슴을 가리켜 말이라 하니[지록위마(指鹿爲馬)]', 지금 무슨 농담을 하는 것이오?"

이렇게 말한 호해가 웃었다.

"농담하는 게 아니옵니다. 폐하, 저건 사슴이 아니라 말이옵니다, 말!"

조고가 강하게 말했다. 그러자 웃음을 거둔 호해가 신하들에게 물었다.

"그대들 보기에 뭐 같소이까? 저게 사슴이오? 아니면 말이오?"

대부분 신하들은 조고가 두려워서,

"폐하, 말로 보이옵니다."

하고 대답했다. 입을 꾹 다물고 아무 대답도 하지 않은 신하들도 있었다. 그러나 일부 신하들은,

'이런 못된 꼴을 더 이상 눈 뜨고 볼 수 없다!'

라고 생각해서 용기를 내어 대답했다.

"저건 말이 아니옵니다. 폐하, 저건 사슴이옵니다!"

조고는 잠자코 사슴이라고 한 신하들을 기억해 두었다가 뒤에

죄를 씌워 죽여 버렸다. 그러자 조고를 반대하는 신하는 아무도 없었다.

그러나 천하는 오히려 혼란에 빠지고 말았다. 진나라의 가혹한 수탈에 견디다 못해 각지에서 "진나라를 타도하자"며 반란이 일어났기 때문이다. 그중 항우와 유방의 군사가 도읍 함양(咸陽)으로 진격해 오자 조고는 황제 호해를 죽였다. 그러고 나서 부소의 아들 자영(子嬰)을 새 황제로 세웠다.

자영은 조고 손에 놀아날 만큼 어리석지 않았다. 자영은 기회를 잡아 조고를 처단하고 그의 3족을 멸하는 데는 성공했다. 그러나 함양을 함락한 유방에게 항복해 진나라는 멸망하고 말았다.

《사기》〈진시황본기(秦始皇本紀)〉에 실려 있는 가르침이다.

'지록위마'는 사슴을 가리켜 말이라 한다는 뜻으로, 윗사람을 농락해 권세를 마음대로 한다는 말이다. 모순된 것을 끝까지 우겨서 남을 속이려는 짓을 비유적으로 이르는 말이다. 중국 진나라의 조고가 자기 권세를 시험하려고 황제 호해에게 사슴을 가리키며 말이라고 한 데서 유래한다.

나라든, 대기업이든, 작은 모임이든 조고 같은 사람은 쉽게 찾을 수 있다. 이런 간신은 윗사람의 눈과 귀를 막고 아랫사람의 공을 가로채고, 잘못된 것은 아랫사람에게 떠넘기는 일을 아무렇지도 않게 저지른다. 이런 간신은 공정하지 못한 나라나 대기업, 작은 모임에서 활개를 친다. 윗사람이 그릇된 판단을 하면 더욱 활개를 친다.

그러나 이런 간신은 "저건 말이 아니옵니다. 폐하, 저건 사슴이옵니다!"라며 불의에 항거하는 용기에, 보이는 게 다가 아니라며 실행하는 용기에 날개가 꺾이고 기세도 꺾여 설 곳을 잃고 만다.

072

고개를
숙이지 말고

나는 종종 성인(成人)들이 단 며칠간만이라도 맹인과 귀머거리가 될 수 있다면 좋을 것이라고 생각합니다.

왜냐하면 맹인이 되면 시력의 중요성을 알게 될 것이고 또 귀머거리가 되면 소리의 중요성을 알게 될 것이기 때문입니다.

고통의 뒷맛이 없으면 진정한 쾌락은 거의 없다는 걸 알게 될 것이기 때문입니다.

나는 눈과 귀와 혀를 빼앗겼지만 내 영혼을 잃지 않았기에, 그 모든 걸 가진 것이나 마찬가지입니다.

세상에서 가장 아름답고 소중한 것은 보이거나 만져지지 않고, 단지 가슴으로만 느낄 수 있습니다.

그래서 나는 나의 역경에 대해서 하느님께 감사합니다.

왜냐하면 나는 역경 때문에 나 자신, 나의 일, 그리고 나의 하느님을 발견했기 때문입니다.

불구자라도 노력하면 됩니다.
낙천(樂天)은 사람을 성공으로 이끄는 신앙이기 때문입니다.
세상은 고통으로 가득합니다.
그러나 그것을 극복하는 힘도 가득합니다.
희망은 인간을 성공으로 인도하는 신앙입니다.
희망이 없으면 아무것도 이룰 수도 없습니다.

시각장애인이며 청각장애인인 헬렌 켈러(Helen Adams Keller)가 전하는 가르침이다.

장애를 가진 그녀가 세상에 외친다.
사람들은 남을 위해 말하는 용기는 있으나, 그 일을 실천하는 용기는 부족하다고.
그러나 신은 용기 있는 자를 결코 버리지 않는다고.
그러니 고개를 숙이지 말고 세상을 똑바로 정면으로 바라보라고.

헬렌 켈러[헬런 애덤스 켈러(Helen Adams Keller, 1880~1968)]는 미국 작가이고 교육자이며 사회주의 운동가이다. 그녀는 인문계 학사를 받은 최초의 시각·청각 중복장애인이다.《미라클 워커》는 헬렌 켈러가 자기의 언어장애를 앤 설리번(Anne Sullivan, 1866~1936) 선생과 자기 노력으로 극복한 유년 시절을 다룬 영화이다. 이 영화를 통해 그녀 이야기는 전 세계적으로 널리 알려지게 되었다.

정직 편

073

한 가지가
사람을 움직인다

악인들의 집은 무너지고 올곧은 이들의 거처는 번성한다.

《구약성경》〈잠언(箴言)〉제14장 11절이 전하는 가르침이다.

벤저민 프랭클린(Benjamin Franklin)은,

"성실(誠實)과 정직(正直)을 그대의 벗으로 삼아라. 아무리 친한 벗도 마음속에 있는 성실과 정직만큼 그대를 돕지 못한다. 책 백 권보다 성실한 마음에서 우러나온 정직 한 가지가 사람을 움직인다."

라고 했다.

정직이 성공으로 가는 지름길이고 이 시대에 세상을 살아가는 강력한 리더십이라는 말이다.

그래서 마르틴 루터(Martin Luther)는,

"한 나라의 국력은 군사력이나 경제력, 정치력에 있는 것이 아니고 좋은 성품을 가진 국민이 얼마나 많으냐에 달려 있다."
라고 했다.

개인과 공동체 그리고 국가가 번영하는 필수 조건이 정직이라고 강조한 말이다. 성품이, 정직한 성품이 바로 그 나라의 국력이고 성공하는 사람들의 필수 조건이라는 것이다.

정직하면 처음에는 이익보다 손해를 보는 것 같다. 그러나 결국은 신뢰를 얻어 성공에 이르게 된다. 사전에 '정직'은 "마음에 거짓이나 꾸밈이 없이 바르고 곧음"이라고 풀이되어 있다. 즉 어떠한 상황에서도 생각과 말과 행동을 거짓 없이 바르게 표현해서 신뢰를 얻는 것이다. 내면에 "정성스럽고 참됨"이라는 '성실'이 기초가 된 정직을 쌓으면 자연스레 이웃 사람들에게 신뢰를 얻는다. 이렇게 해서 만들어진 정직한 성품은 성공의 밑거름이 된다. 여기에 옳은 선과 그른 악을 구분하는 분별력을 갖추어 더하면 더없이 훌륭한 리더십이 된다. 그러므로 정직이 성공으로 가는 지름길이고 이 시대에 세상을 살아가는 강력한 리더십인 것이다.

"성실한 마음에서 우러나온 정직 한 가지가 사람을 움직인다."

〈잠언(箴言, 그리스어 : αφορισμός)〉은 저자가 확실히 밝혀지지 않았지만 대체로 솔로몬 왕으로 추정하는 《구약성경》 중의 한 권이다. 하느님을 경외함으로 지혜로운 삶을 강조하고 있다. 독자가 지혜로운 삶을 깨닫도록 하는데 그 목적이 있다.

벤저민 프랭클린(Benjamin Franklin, 1706~1790)은 미국 '건국의 아버지' 중 한 사람이자 미국의 초대 정치인 중 한 사람이다. 그는 특별한 공식적 지위에 오르지는 않았다. 그러나 프랑스 군(軍)과의 동맹에 중요한 역할을 해서 미국 독립에 중추적인 역할을 했다.

마르틴 루터(Martin Luther, 1483~1546)는 독일의 종교 개혁자·신학 교수이다. 1517년에 로마 교황청이 면죄부를 마구 파는 데에 분격해 이에 대한 항의서 95개조를 발표해서 파문당했다. 그러나 이에 굴복하지 않고 종교 개혁의 계기를 마련했다. 1522년 비텐베르크 성에서 성경을 독일어로 완역해 신교의 한 파를 창설했다.

074

말도
안 돼

어느 맑은 날 개울물에서 잉어가 한가롭게 놀고 있었다.

개울가를 걷던 황새는 날씬한 몸매를 유지하려고 살찐 잉어를 보고도 모르는 척했다.

그러나 시간이 흘러 황새는 몹시 배가 고팠다. 먹이를 찾으려고 물속을 들여다보았다. 한가롭게 헤엄치며 놀고 있던 잉어는 간데없고 가물치들이 놀고 있었다.

"잉어라면 몰라. 가물치로 배를 채우다니 말도 안 돼."

황새는 황족스러운 제 체면이 깎일까 봐 개울가를 떠나 숲속으로 돌아갔다. 숲속으로 돌아온 황새는 뱃속에서 나는 꼬르륵 소리 때문에 체면이 말이 아니었다.

개울가로 다시 나갔다. 물속을 들여다보니 가물치는 간데없고 피라미들이 노닐고 있었다.

"가물치라면 몰라. 피라미로 배를 채우다니 말도 안 돼."

황새는 왕족스러운 제 체면이 깎일까 봐 다시 숲속으로 돌아갔다. 숲속으로 돌아온 황새는 잠을 청해 배고픔을 달래려 했지만 잠도 오지 않았다.

다시 개울가로 나갔다. 물속을 들여다보았다. 피라미는 간데없고 올챙이들이 노닐고 있었다.

"피라미라면 몰라. 올챙이로 배를 채우다니 말도 안 돼."

황새는 귀족스러운 제 체면이 깎일까 봐 고픈 배를 움켜쥐고 다시 숲속으로 돌아갔다.

황새는 며칠을 기다리고 또 기다렸지만 마음에 드는 먹이는 나타나지 않았다.

배고픔은 체면을 굳게 지키던 황새의 눈을 멀게 했다. 풀섶에서 부웅 날아오른 벌레 한 마리를 잡아 배고픔을 달래야 했으니까.

"체면이 사람 죽인다"는 우리 속담이 있다. 지나치게 체면만 차리다가 결국 할 일도 못하고, 먹을 것도 못 먹고, 손해만 보게 되는 경우를 비유적으로 이르는 말이다. "체면 차리다 굶어 죽는다"는 속담과도 통한다. 또한 "호랑이가 시장하면 코에 묻은 밥풀도 핥는다"는 속담은 위신과 체면을 차리던 사람이 배가 고프면 아무것이나 마구 먹는다는 말이다. 그러니 '위신'과 '체면'이라는 거짓 허물을 벗고 정직해야 한다.

착하고 정직하면 손해를 본다지만 그 말은 착각이다. 자신과 주변 사람들에게 감사하는 마음으로, 착하고 정직하면 자신에 대한 호감도가 높아지기 때문이다.

정직하자. 각자 내가 먼저 정직하자. 거짓 없는 정직한 세상을 모두 함께 누리기 위해서.

075

나의 보배요
재산

링컨은 1834년 일리노이 주 주 의회 의원으로 출마했다. 당 본부에서는 그에게 선거 자금으로 200달러를 지원해 주었다. 그때 26살이었던 가난한 링컨에게 200달러는 엄청나게 큰돈이었다. 그러나 선거를 치르기에는 턱없이 부족했다. 당시 대부분 정치가들은 당 본부에서 받은 선거 자금 외에도 선거에 당선되려고 더 많은 돈을 썼다.

최선을 다해 선거를 치른 링컨은 주 의회 의원에 당선되었다. 선거가 끝나자 그는 그동안 쓴 선거운동 비용을 정산했다. 그런 뒤에 선거 자금으로 받았던 200달러 중 199달러 25센트를 편지와 함께 당 본부에 반납했다.

선거 연설회장 사용료는 제가 지불했습니다. 그리고 여러 선거 유세

장을 돌아다닐 때 교통비는 전혀 들지 않았습니다. 제 말을 타고 다녔기 때문입니다.

다만 저와 함께 선거운동을 하는 사람들 중에 나이 드신 분들이 목이 마르다고 해서 음료수를 사서 나누어 드렸습니다. 그때 음료수 값으로 75센트를 썼는데, 그 영수증을 동봉합니다.

링컨이 보낸 편지와 75센트짜리 영수증, 남은 선거 자금을 본당 본부 사람들은 깜짝 놀랐다. 당 본부 사람들이 더욱 놀란 것은 이때까지 남은 선거 자금을 반납한 사람이 한 사람도 없었기 때문이다.

주민들도 링컨이 선거운동 비용으로 75센트만 쓰고 당선되었다는 사실을 알고 모두 깜짝 놀랐다.

링컨이 보낸 '75센트짜리 영수증'은 그를 '정직한 청백리 정치인'으로 만들었다. 그는 세월이 흐르면 흐를수록 더 큰 지지와 존경을 받았고, 마침내 대통령에 당선되어 노예를 해방하는 등 위대한 일을 했다.

일하던 가게 문을 닫고, 늦은 밤에 멀리 떨어진 앤디 할머니 댁으로 찾아가, 실수로 덜 준 거스름돈 6센트를 건넨 22살 된 링컨. 잘못을 확인한 즉시 손님의 집으로 달려가 자기 실수를 말하고 차 50g을 더 갖다 준 링컨. 정직한 점원 링컨에게 감동을 받은 마을 주민들은 그를 '정직한 에이브'라고 불렀다.

링컨은 가난한 집에서 태어나 보고 싶은 책도 사 볼 수 없어 빌린 책을 몇 번씩이나 읽었다. 책을 좋아했던 그는 농부로 일을 할 때에도, 뱃사공, 막노동꾼, 점원, 민병대(민병대장), 우체부(우체국장), 측량사, 변호사, 주 의회 의원, 하원 의원으로 일을 할 때에도 책과 함께했다. 그리고 존경받는 대통령이 되어서도 늘 책과 함께했다.

미국 제16대 대통령 에이브러햄 링컨이 말했다.

"정직과 지식은 나의 보배요 재산이다."

라고.

금혼식을 치른 지 1년 만에 부인 장례를 치른 노인은 자기 반쪽을 잃은 슬픔에 빠졌다. 몇 날 며칠을 울다 눈병에 걸려 진물까지 나왔다. 노인은 눈을 뜰 수도 없게 되자 안과 의사를 불렀다.

노인은 의사에게 눈병을 고쳐 주면 치료비는 물론 크게 사례까지 하겠다고 약속했다.

순간, 의사 눈이 반짝 빛났다.

의사는 노인 눈을 소독하고 약을 넣은 뒤 약 기운이 잘 퍼지게 잠시 눈을 감고 있으라고 했다.

그러나 의사는 속셈이 달랐다.

노인이 눈을 감고 있는 틈에 집 안을 둘러본 의사 눈이 반짝반짝 빛났다.

의사는 매일 노인 집으로 가서 눈을 치료해 주었다. 노인 눈에

매번 약을 넣고 약 기운이 잘 퍼지게 눈을 감고 있으라고 했다.

의사는 노인 집에서 값비싼 보석이며 가구, 식기 가리지 않고 쓸 만한 것들은 다 훔쳐 갔다. 노인 눈병이 거의 나을 무렵까지.

노인 집에서 값나가는 물건들을 거의 훔쳤다고 생각한 의사가 노인에게 말했다. 눈병이 완전히 치료되었다고.

또한 의사는 노인에게 치료비와 약속한 대로 사례도 할 것을 요구했다.

그러나 노인은 의사 요구를 한마디로 딱 잘라 거절했다. 의사는 펄쩍 뛰며 그동안 자기 노고에 대한 공치사를 늘어놓았지만 노인 대답은 마찬가지였다.

의사는 노인에게 버럭 화를 냈고, 끝내는 노인을 고발해 재판을 받게 되었다.

재판장에게 불려나온 노인은 태연하게 의사를 바라보고 말했다.

"재판장님, 내 눈을 고쳐 주면 치료비는 물론 크게 사례할 것이라고 의사에게 약속한 건 사실입니다. 허나, 저 의사 선생이 치료한 내 눈은 더 나빠졌습니다."

노인 말에 의사가 화들짝 놀랐다. 안과 의사를 본 노인은 눈을 지그시 감고 말을 이었다.

"그건 사실입니다, 재판장님. 저 의사 선생에게 치료를 받기 전에는 죽은 내 아내 냄새가 밴 보석이나 아내 손때가 묻은 가구들, 아내가 아끼던 식기들이 모두 보였습니다. 하지만 지금은 그것들이 하나도 눈에 보이지 않으니, 내 눈이 더 나빠진 게 아닙니까?

그래서 나는 저 의사 선생에게 치료비를 주지 않았고, 사례도 안
했습니다.”

　“평생토록 행복하기를 원한다면 정직한 인간이 되라”, “하늘은 정직
한 자를 지켜 주신다”라는 영국 속담이 있다.

　행복하게 사는 사람은 누구일까?

　하늘도 지켜 주시는 정직한 사람이다.

　그렇다면 거짓으로 도배된 이 의사는 어떻게 사는 사람일까?

어느 여름날이었다.

"하늘 천, 따지……."

푹푹 찌는 무더운 날인데도 서당에서 훈장은 아이들에게 열심히 글을 가르치고 있었다. 그러나 아이들은 연신 두 눈 가득 달린 잠을 쫓고 있었다.

그중 한 아이는 대놓고 꾸벅꾸벅 졸았다. 이를 보다 못한 훈장이 조는 아이를 회초리로 때리며 호되게 나무랐다.

"읽으라는 글은 안 읽고 졸아? 지난밤에 뭘 했기에 조는 거냐?"

"앞으론 안 졸겠습니다, 훈장님."

훈장도 덥기는 마찬가지였다. 그래서 좀 쉬려고 아이들에게 배운 데를 복습하라고 했다. 아이들이 큰 소리로 배운 데를 읽으며 복습하는 동안 훈장은 잠시 쉬었다. 훈장은 나른해서 고개를 끄덕였다. 꾸벅꾸벅 졸고 있었던 것이다.

훈장에게 혼이 났던 아이가 다른 아이들에게 손짓했다. 조는 훈장을 보라고.

아이들은 손으로 입을 막고 어깨를 들썩이며 웃었다. 훈장에게 혼이 났던 아이도 씽긋 웃었다.

"스승님, 스승님!"

훈장에게 혼이 났던 아이가 부르자 깜짝 놀라 눈을 번쩍 뜬 훈장은 언제 졸았느냐는 듯 자세를 바로잡았다.

"스승님도 조시네요. 지난밤에 뭘 하셨죠?"

"뭐라, 내가 존다구? 이 녀석아, 쓸데없는 소리 마라. 내가 존 게 아니라, 공자님 말씀을 들으려고 눈을 감고 있었던 게다. 내가 공자님을 만나 공자님의 가르침을 잘 받아 너희를 잘 가르치려고 눈을 감고 있었던 거란 말이다."

그러나 아이들은 훈장이 새빨간 거짓말을 하고 있다는 걸 잘 알고 있었다.

'스승님이 거짓말을 하셨으니, 나도 거짓말을 해야지.'

훈장에게 혼이 났던 아이는 이렇게 생각하고 훈장이 책을 읽을 때에 꾸벅꾸벅 조는 척했다. 그러자 훈장은 또 아이를 나무랐다.

"이 녀석, 너 또 조는 게냐?"

훈장에게 혼이 났던 아이가 눈을 초롱초롱 뜨고 말했다.

"스승님, 저는 존 게 아니라 공자님 말씀을 들으려고 눈을 감고 있었던 겁니다."

"그래, 공자님을 만났느냐?"

훈장은 멋쩍은 표정으로 물었다.

"네, 만났습니다."

"정마알?"

훈장은 믿을 수 없다는 표정으로 되물었다.

"정말로 만났다니까요."

아이는 아무렇지도 않다는 표정으로 대답했다.

"그래에? 공자님께서 뭐라고 하시더냐?"

"뭐라고 하시기 전에 제가 공자님께 여쭈었습니다."

"대체 뭐라 여쭈었느냐?"

"아까 우리 스승님이 공자님을 만나셨다고 했는데, 그게 진짜냐 구 여쭈었습니다."

"뭐 뭐라? 그래, 공자님께서 뭐라고 하시더냐?"

"공자님께서는 스승님을 만난 적도 없다고 하셨습니다."

이 말을 듣고 아이들이 낄낄 웃었다.

훈장은 기가 턱 막혀 아무 말도 못했다. 가뜩이나 날이 더운데 열까지 받아 얼굴이 벌겋게 달아올랐다.

"거짓말하고 뺨 맞는 것보다 낫다"는 우리 속담이 있다. 좀 무안하더라도 사실을 사실대로 정직하게 말해야지 거짓말을 하면 안 된다는 말이다.

훈장도 좋았다고 자기 잘못을 솔직히 인정하고 정직하게 말했다면 제자들에게 이런 창피를 당하지 않았을 것이다.

"누더기를 입었어도 정직한 사람은 정직하다", "평생토록 행복하기를 원한다면 정직한 인간이 되라"는 영국 속담도 가슴에 담아 두자.

어느 해 봄이었다.

"와아, 임금님이시다!"

광장에서 뛰놀던 아이가 소리쳤다. 백성들은 모두 임금에게 절을 했다.

"여러분, 오늘 짐이 여러분 모두에게 특별한 선물을 하나씩 나눠 주겠소."

임금 말이 끝나자 신하는 가져온 커다란 상자를 열고 모인 백성들에게 고루 나누어 주었다. 임금이 준 선물을 받아 든 백성들은 서로 얼굴을 바라보며 의아해했다.

"여러분에게 나눠 준 건 꽃씨요. 돌아가서 각자 화분에 심고 가꾸어 석 달 열흘 뒤에 이곳으로 가져오시오. 그때 가장 예쁜 꽃 화분을 가려 뽑아 그 주인에겐 후한 상금을 내릴 것이오."

석 달 열흘 뒤.

백성들은 꽃 화분을 들고 광장으로 모여들었다. 꽃씨를 나누어 준 그 신하까지도.

임금은 저마다 자랑하는 꽃송이들의 아름다움을 쟀다. 꽃을 무척 사랑하는 임금 기분은 황홀지경이었다.

꽃 화분을 들고 있는 백성들 얼굴에도, 신하 얼굴에도 화분에 핀 꽃처럼 웃음꽃이 활짝 피었다.

그러던 중 임금은 울고 있는 한 아이를 보았다.

"아니, 너는 왜 울고 있느냐?"

"화분이요오, 으아앙⋯⋯."

"네 화분에는 왜 꽃이 없지?"

"임금님께서 주신 꽃씨를 심고 정성을 다해 가꿨어요. 물도 주고, 거름도 주고, 할아버지께 들었던 재미난 옛날이야기도 들려주었어요. 하지만 하지만, 으아앙⋯⋯."

"그랬는데도 꽃이 안 피었다, 이거로구나."

"⋯⋯."

아이는 옷소매로 눈물을 닦으며 고개를 끄덕였다.

임금은 아무 말 없이 아이를 꼬옥 껴안았다. 아이 머리를 쓰다듬고 등을 토닥여 주는 임금 입가에서는 초승달 같은 미소가 비어져 나왔다. 광장에 모인 그 많은 백성 중에서 딱 한 사람, 정직한 백성을 찾았기 때문에.

임금이 나누어 준 꽃씨는 모두 가짜였던 것이다.

에이브러햄 링컨이 정직에 대해서 말했다.

"당신은 모든 사람들을 잠시 동안 속일 수 있다. 그리고 어떤 사람들을 늘 속일 수는 있다. 그러나 모든 사람들을 늘 속일 수는 없다."

라고.

J. 러스킨도 정직에 대해서 말했다.

"너의 정직은 종교나 정책에 기초해서는 안 된다. 너의 종교와 정책이 정직에 기초해야 한다."

라고.

079

이거
얼마죠?

과일 가게로 들어온 손님이 맛깔스러운 사과 하나를 집어 들고 주인에게 물었다.

"이거 얼마죠?"

"천 원입니다."

주인이 대답했다.

"백 원만 깎아 주시죠."

"우리 가게에서는 가격표를 붙여 팔고 있습니다. 그러니 깎아드릴 수 없습니다."

주인 말은 단호했다.

"열 개를 살 건데도 안 깎아 주실 건가요?"

손님도 흥정을 물리지 않고 또 물었다.

"좋습니다. 그렇다면 개당 천백 원씩 내세요."

주인이 대답했다.

"아니, 깎아 달라니까요?"

고개를 갸우뚱한 손님이 말했다.

"그렇다면 개당 천이백 원씩 내세요."

주인이 말했다.

"깎자는데 왜 더 비싸지는 거죠?"

눈을 동그랗게 뜬 손님이 주인에게 따지듯 말했다.

"써 붙인 걸 보셨듯이 여긴 정가제 실시 가게입니다. 우리가 써 붙인 값이 바로 신용이죠."

"이까짓 사과 한 개에 무슨 신용이 있단 말예요?"

"생각해 보세요. 우리가 옳게 팔지 않으면 사과 농사를 지은 사람도 옳은 값을 받지 못할 게 아닙니까? 그리고 손님은 가격표에 써 붙인 값을 안 믿으셨으니 저는 물론이고 사과 농사를 지은 사람까지도 안 믿으신 겁니다. 또 손님은 돈보다 귀한 제 시간을 빼앗으셨고요."

"뭐 뭐요?"

주인 말에 손님 얼굴이 잘 익은 사과처럼 빨개졌다.

주인은 손님에게 요구했다. 자기가 정직하게 붙인 사과 값에, 정직하게 장사하는 자기와 정직하게 사과 농사를 지은 사람을 불신한 값을 더하고, 손님이 빼앗은 정직한 자기 시간 값을 더해 내야 한다고.

책임 편

080

내 죽음을
알리지 마라

때는 조선 제14대 임금 선조(宣祖, 1552~1608) 31년인 1598년 12월 16일(음력 11월 19일) 새벽.

왜장 요시히로 등이 이끄는 일본 함선 500여 척이 노량(露梁)에 진입했다.

"공격!"

장군 이순신(李舜臣)의 명령이 떨어지자 매복하고 기다리던 조선 함선들이 일제히 공격했다. 조선 함대가 적선 50여 척을 격파했다. 그런 뒤에 유키나가의 일본 수군과 진린(陳璘)의 명(明)나라 수군이 합세해 전투는 더욱 치열해졌다.

일본 함선 200여 척 이상이 분파되고, 150여 척이 파손되어 패색이 짙어졌다.

왜장은 남은 함선 150여 척을 이끌고 도망쳤다. 조선과 명나라

연합 함대는 도망치는 일본 함대를 추격했다.

그러던 중 관음포(觀音浦)에 다다랐을 때였다.

"탕!"

"윽!"

장군 이순신이 일본 군 총탄에 쓰러지고 말았다.

"자 장군!"

"싸움이 급하니 내 죽음을 알리지 마라!"

이 말을 마지막으로 이순신은 세상을 떠났다. 이때 도망간 일본 함선은 겨우 50여 척뿐이었다고 한다.

사전에 '책임(責任)'은 "맡아서 해야 할 임무나 의무"라고 풀이되어 있다. 이순신의 책임 완수 정신은 노량해전(露梁海戰)에서 적탄에 맞아 숨을 거두는 순간까지도 빛났다.

"싸움이 급하니 나의 죽음을 알리지 마라!"

이 유언으로 이순신은 장군으로서 책임을 다했던 것이다. 이순신은 이렇게 죽음도 뛰어넘는 자기 책임 완수 정신으로, 우리들에게 자기 책임을 끝까지 책임지라는 적극적인 자세를 가르쳐 준다.

이순신(李舜臣, 1545~1598)은 조선 선조 때 무신이다. 자는 여해(汝諧), 시호는 충무(忠武)이다. 32세에 무과에 급제한 뒤 전라좌도 수군절도사가 되어 거북선을 만드는 등 군비 확충에 힘썼다. 임진왜란이 일어나자 한산도(閑山島)에서 적선 70여 척을 무찌르는 등 공을 세워 삼도 수군통제사가 되었다. 노량해전에서 명나라 장군 진린과 함께 싸웠으나 적의 유탄에 맞아 전사했다. 저서에 《난중일기(亂中日記)》 등이 있다.

081

비상 탈출
계획

승객을 태운 소형 비행기가 막 비행장을 이륙했다.

비행기에는 비행기 기장과 그 나라 장관, 교회 살림을 맡은 주교, 그리고 소년, 모두 네 명이 타고 있었다.

정해진 항로로 순탄하게 항진하던 비행기가 갑자기 이상 기류에 휘말려 덜컹덜컹 심하게 흔들렸다. 기장은 있는 기량을 발휘해 가까스로 이상 기류에서 빠져나왔다.

그러나 비행기 왼쪽 엔진이 멈추고 말았다. 이어 오른쪽 엔진도 숨을 헐떡이기 시작했다.

기장은 재빨리 관제탑에,

"SOS, SOS, SOS……."

조난신호를 보내고, 승객들에게 비상 탈출 계획을 알렸다.

"우리는 모두 네 명입니다. 그런데 낙하산은 셋뿐입니다. 저는 비행기를 끝까지 지켜야 하니까 하나는 제가 써야 합니다. 그러니 나머지 낙하산 두 개를 누가 쓸지 빨리 결정하셔야 합니다."

기장 말이 떨어지자마자,

"나는 나라 살림을 책임 맡은 중요한 사람이오. 그러니 하나는 내가 써야 하오."

라고 한 장관은 가로챈 낙하산을 둘러매고 비행기에서 뛰어내렸다.

그러자 지그시 눈을 감고 성호를 그은 주교가 소년에게 말했다.

"애야, 나는 살만큼 살았으니 나머지 낙하산은 네가 쓰거라. 나는 하느님 곁으로 갈 준비가 되어 있단다."

고개를 가로저은 소년이 주교 손을 잡고 말했다.

"주교님, 아직 낙하산은 두 개가 남아 있어요. 장관님은 제 배낭을 메고 뛰어내렸거든요."

이 터무니없는 없는 장관, 이 무책임한 장관은 누가 책임져야 할까?

082

멋지다,
대위

말을 타고 행군하던 나폴레옹이 군사들을 살폈다. 모두 지쳐 있었다.

나폴레옹이 부관을 불러 말했다.

"십 분간 휴식."

부관은 장군 나폴레옹의 말을 전했다.

"부대, 제자리에 섯. 십 분간 휴식!"

군사들이 편하게 쉬는 것을 둘러본 뒤에 나폴레옹도 말에서 내려 쉬었다.

그런데 옆에 있던 한 참모가,

"에취!"

하고 재채기를 했다. 엄청 큰 소리로.

"히히힝……."

그 소리에 깜짝 놀란 나폴레옹의 말이 갑자기 어디론가 냅다 달렸다.

"어라, 내 말!"

나폴레옹은 달려가는 자기 말을 보고 깜짝 놀랐다.

그것을 보고 한 병사가 말을 타고 잽싸게 달려가 그 말을 잡아왔다. 나폴레옹은 자기가 애지중지하던 말을 되찾자 너무 기뻐 얼떨결에,

"고맙다, 대위!"

하고 말했다.

그 말에 깜짝 놀라 눈이 휘둥그레진 병사는 얼떨결에 경례를 하면서 외쳤다.

"장군님, 감사합니다!"

그 병사는 잽싸게 사병 막사로 가 자기 짐을 챙겨 장교 막사로 옮겼다. 그리고 허름한 사병 군복을 벗고 말끔한 대위 군복으로 갈아입고 다시 나폴레옹 앞에 나타났다.

"장군님, 명 받들어 즉시 실행했습니다!"

나폴레옹은 그 말에 깜짝 놀랐지만 자기가 한 말에 책임을 졌다.

"멋지다, 대위. 앞으로 더 잘해 주길 바란다!"

하고 대위 계급을 인정했던 것이다.

'사불급설(駟不及舌)'은 네 마리 말이 끄는 무척 빠른 마차라도 혀를 놀려서 하는 말을 따르지 못한다는 뜻으로, 소문은 순식간에 퍼

지는 것이므로 말을 조심해야 한다는 말이다.

한 번 뱉은 말은 주워 담을 수 없다. 그러니 반드시 책임을 져야 한다. 나폴레옹처럼.

나폴레옹 보나파르트(Napoléon Bonaparte, 1769~1821)는 프랑스의 군인·정치가이다. 프랑스대혁명 시기 말기 무렵의 정치 지도자로, 1804년부터 1815년까지 프랑스의 황제(나폴레옹 1세)였다. 1804년에 황제의 자리에 올라 제일 제정을 수립하고 유럽 대륙을 정복했다. 그러나 트라팔가르해전에서 영국 해군에 패하고, 러시아 원정에도 실패해 퇴위했다. 엘바 섬에 유배되었다가 탈출해 파리로 와서 반전을 꾀했으나, 워털루전투에서 영국 등 연합군에 패하고, 두 번째 황제의 자리에서 물러나 '백일천하'로 막을 내렸다. 다시 세인트헬레나 섬에 유배되어 그곳에서 생을 마감했다.

083

사치
근절법

젊고 총명한 임금이 나라를 다스리고 있었다. 임금은 신하들과 백성들과 함께 형편이 어려운 나라의 힘을 키우려고 주린 배를 허리띠로 졸라맸다.

그래서 백성들 집집마다에는 웃음꽃이 피어났고, 창고마다에는 곡식이 그득그득했다.

그러나 감옥은 늘 텅텅 비어, 이웃 나라에서 넘보지 못할 강대국이 되었다.

그런데 언제부터인가 신하와 백성들 마음에 금이 가기 시작했다. 임금은 그 이유를 도무지 알 수가 없었다. 그래서 임금은 날이 어두워지자 청백리 한 사람만 데리고 궁궐 문을 나섰다. 임금과 청백리는 가는 곳마다 백성들의 웃음을 들었다.

그러나 그 웃음은 백성들의 기쁨에서 나오는 것이 아니었다. 술에 흠뻑 취한 나태한 웃음이었고, 새로 지어 입은 비단옷을 자랑하는 교만한 웃음이었으며, 몸에 치장한 장식품들을 으스대는 사치한 웃음이었다.

신하들도 뒷주머니가 생겨 웃음이 음흉했다.

임금과 청백리는 머리를 맞대고 의논했다. 그리고 사치가 그 범인이라고 결론을 내렸다.

그래서 신하와 백성들이 검소하게 살며, 옷과 몸을 치장하는 데 비단이나 금과 은, 보석 등을 쓰지 못하게 하는 '사치 근절법'을 만들어 공포했다.

그러나 이 법도 별 효과가 없었다. 그렇다고 법을 폐지할 수는 없었다. 청백리와 궁리하던 끝에 임금은 그 법문 꼬리에 한 문장을 더하기로 했다.

단, 매춘부와 도둑은 이 법에 적용 안 됨.

이 한 문장으로 '사치 근절법'은 큰 힘을 발휘했다. 신하들 뒷주머니는 깨끗이 없어졌고, 사치범들로 가득 찼던 감옥은 다시 텅 비었다. 그리고 그들 옷차림과 몸치장은 소박 그 자체였다. 허리띠를 졸라맸던 그때처럼.

임금, 신하, 백성은 다시 한뜻으로 뭉치게 되었다.

얼마 뒤 젊고 총명한 임금은 이웃 나라에서 왕비를 맞아들이게 되었다.

그런데 왕비 차림새는 비단옷에 금과 은에 보석 장식까지 그야 말로 사치와 눈부심 그 자체였다.

임금은 청백리를 불러 머리를 맞대고 이 일에 대해 의논했지만 달리 무슨 뾰족한 수가 없었다. 법대로 하자면 왕비는 틀림없이 매춘부나 도둑이었으니까.

이렇게 해서 임금은 '사치 근절법'을 폐지할 수밖에 없었다. 왕비에 대한 책임 때문에.

084

미래를
위해

마을 상점 점원으로 일할 때 '정직한 에이브'로 불리던 에이브러햄 링컨은 미국 제16대 대통령이 되었다. 그가 평생을 지킨 정직과 함께 '링컨의 리더십'을 빛나게 한 것은 책임이다.

모든 영광은 부하에게, 책임은 나에게.

미국 남북전쟁 때였다.

"대통령 각하, 조지 고든 미드(George Gordon Meade, 1815~1872) 장군이 게티즈버그전투에서 꾸물대다가 남부군 로버트 에드워드 리(Robert Edward Lee, 1807~1870) 장군을 생포하지 못했습니다. 그러니 임무를 소홀히 한 미드 장군을 문책하셔야 합니다."

"그렇습니다, 각하. 우리 북부군 사기를 위해서라도 그 책임을 물으셔야 합니다."

모두가 미드 장군을 문책하라고 하자 링컨은,

"북부군 총사령관은 대통령이오. 그러니 그 일은 미드 장군이 책임질 게 아니라 내가 책임져야 하오."

라고 해서 주위 사람들을 감동시켰다.

또 율리시스 심프슨 그랜트(Ulysses S. Grant, 1822~1885) 장군이 빅스버그전투에서 대승을 거두었을 때는,

그랜트 장군, 승리를 축하하오.

이번 전투의 승리는 장군 판단이 전적으로 옳았기 때문이오. 또한 북부군 총사령관이며 대통령인 내 판단이 틀렸다는 것을 확실하게 증명했소.

그랜트 장군, 승리를 다시 한 번 축하하오.

라고 편지를 보냈다.

링컨은 앞을 내다보는 지도자였다. 국민들은 책임을 질 줄 아는 정직한 링컨을 굳게 믿고 의지하며 따랐다.

대통령 링컨은 공화당 강경파들이 반대했지만 남북전쟁에서 승리한 뒤에 그 어떤 남부군 지휘관도 처벌하지 않았다. 미국의 미래를 위해 보복보다 화해를 더 중요하게 생각했기 때문이다. 그래서 그는 남부군 지휘관들에게 강요하지 않았다. 그들을 설득했고, 비

난하지 않았다. 오히려 칭찬하면서 리더십을 발휘했다.

이런 대통령이라면 그 어느 나라 국민도 쌍수를 들고 대환영할게 뻔하다.

우리 속담에 "잘되면 제 탓(복) 못되면 조상(남) 탓"이라 했다. 일이 안 될 때 그 책임을 남에게 돌리는 태도를 비유적으로 이르는 말이다. "잘되면 충신 못되면 역적이라"이라는 속담도 같은 뜻을 담고 있다. 그러나 링컨은 "잘되면 부하 공이고 못되면 내 책임"이라고 했다.

이런 대통령 밑에서는 그 어떤 부하도 최선을 다한다. 그 어떤 국민도 죽을힘을 다한다. 나를 알아주는 윗사람이 있는 나라, 사회, 직장. 정말 행복한 나라이고 사회이며 직장이다.

링컨은 겉으로는 리드 당하면서 속으로 리드한다.

참으로 위대한 리더십이다.

085

왜 임금 명령을
수행할 수 없었을까?

위험한 전쟁터에서 왕자를 구하고 전투를 승리로 이끈 한 병사에게, 임금은 상으로 장군에 임명하고 말도 한 필 하사했다.

치열했던 전쟁이 끝나고 평화 시기가 되었다. 그러자 장군이 된 병사는 장군직을 수행하기보다 임금이 내린 말 돌보기에 온갖 정성을 다 쏟았다.

그 말은 장군이 자기 집 안방처럼 꾸며 놓은 마구간에서 배부르고 화려하며 따뜻하고 시원하게, 그야말로 호화롭게 살았다.

이런 장군의 정성 덕분에 그 말은 추위를 참고 더위를 견디면서, 때로는 끼니를 거르면서 힘들게 훈련 받았던 임금 마구간 생활을 까맣게 잊고 말았다.

그런 어느 날 적군이 갑자기 침입해 와 평화 시기는 깨지고 말았다. 장군은 왕자를 보호하라는 임금 명령을 받았다. 그러나 장군도, 말도 그 명령을 수행할 수가 없었다.

평화 시기에 병법 공부를 게을리하고, 병사를 훈련시키지도 않은 장군에게는 왕자를 보호할 만한 군대가 없었기 때문에.

호화롭게 살면서 살이 찐 장군의 말도 운동 부족으로 뚜벅뚜벅 걷기만 할 뿐, 임금 마구간에서 가꾼 날렵함은 찾아볼 수 없었기 때문에.

로마의 성현 세네카(Lucius Annaeus Seneca, B.C. 4?~A.D. 65)가 말했다.

"지위가 높으면 책임도 크다."

라고.

독립운동가 도산(島山) 안창호(安昌浩, 1878~1938)도 역설했다.

"책임감이 있는 이는 역사의 주인이요, 책임감이 없는 이는 역사의 객(客)이다."

라고.

086

넌 내 아들이
아니다

때는 신라(新羅) 제30대 임금인 문무왕(文武王, ?~681) 12년(672).

중국 당(唐)나라 장군 고간(高侃)이 거느린 군사 1만 명과 이근행(李謹行)이 거느린 군사 3만 명이 말갈 군(靺鞨軍)과 연합해 신라를 공격했다. 대방(帶方 : 지금의 황해도 평산)전투에서 신라 군은 장창당(長槍幢)의 활약으로 큰 승리를 거두었다. 전투에서 패한 당나라 군은 후퇴하기 시작했다.

원술(元述)은 후퇴하는 적을 바짝 쫓았다. 원술이 적진 깊숙이 들어갔을 때, 갑자기 당나라 군이 기습해 왔다. 이때 원술은 계속 진격하려 했다. 그러나 부관인 담릉이 앞을 가로막았다. 담릉은 원술이 탄 말의 고삐를 잡고 말했다.

"지금 진격하는 건 위험합니다. 일시 후퇴해서 적의 동태를 살피고 작전을 새로 짜 공격해야 합니다."

원술은 할 수 없이 여러 장군들을 따라 후퇴했다. 쫓기던 당나라 군은 신라 군이 후퇴하자 때를 놓치지 않고 역습했다. 당나라 군에 계속 패한 신라 군이 거열주(居烈州 : 지금의 거창)까지 왔을 때였다. 일길찬의 관등으로 거열주의 대감(大監)으로 있던 아진함(阿珍含, ?~672)은 상황이 위급하다고 판단해 여러 장군 앞에 나서서 말했다.

"장군들은 어서 피해 전열을 가다듬어 다음날 적을 무찔러 주시오. 내 나이가 70대이니, 얼마나 더 살길 바라겠소. 오늘이 바로 내가 죽을 날이오!"

아진함은 적진으로 돌격해 싸우다 장렬하게 전사했다. 이를 본 그의 아들도 적진으로 뛰어들어 싸우다 전사했다.

신라 군은 말갈 군과 연합한 당나라 군에 크게 패하고 돌아왔다. 그러자 김유신(金庾信, 595~673)이 문무왕에게 말했다.

"폐하, 원술이 비록 제 아들이지만 폐하의 명령을 욕되게 했사옵니다. 그러니 원술의 목을 베어 신라 군 사기를 높여 주시옵소서."

"원술은 정식 장군이 아니라 비장(裨將)이오. 그러니 그의 목을 벨 수도 없고 또 무거운 형벌을 내릴 수 없소."

문무왕은 원술을 용서해 주었다. 비장이란 병마절도사를 따라 다니며 돕는 벼슬아치이다. 병마절도사는 한 도에 한 사람 또는 두 사람씩 두어 병사와 말을 지휘하던 종2품의 무관이다. 그래서 문무왕은 원술이 정식 장군이 아니라고 한 것이다.

그러나 김유신은 원술을 용서하지 않았다.

"너는 사나이가 아니라 쓰레기다. 그러니 넌 내 아들이 아니다.

내 집에 발을 들여놓지 마라!"

원술은 그 길로 태백산으로 들어가 숨어 살았다. 전쟁터에서 떳떳하게 죽지 못하고 비겁하게 살아 돌아온 것이 부끄러웠기 때문에.

문무왕 13년(673).

김유신이 세상을 떠났다. 아버지가 세상을 떴다는 소식을 듣고 원술은 집으로 달려갔다.

"어머니, 저 왔습니다. 원술이 왔습니다."

원술은 눈물을 흘리며 대문을 쾅쾅 두드렸다. 그러나 원술의 어머니는 대문을 열어 주지 않았다. 원술의 어머니 지소 부인(智炤夫人)은 태종 무열왕(太宗武烈王, 604~661)과 문명왕후(文明王后, ?~?)의 셋째 딸이다.

지소 부인이 아들 원술에게 말했다.

"여자는 시집가기 전에는 부모님을 따르고, 시집가서는 남편을 따르고, 남편이 죽으면 아들을 따른다는 세 가지 의(義)가 있다. 이에 마땅히 아들을 따라야 하지만 네가 돌아가신 아버지께 아들 노릇을 못했다. 그런데 내가 어찌 네 어미가 되겠느냐?"

원술은 대문 앞에서 오랫동안 통곡했다. 그러나 지소 부인은 끝내 마음을 돌리지 않았다.

원술은 깊이 탄식하며 다시 태백산으로 들어가 숨어 살았다.

2년 뒤인 문무왕 15년(675).

당나라 군이 다시 매소성(買肖城 : 매초성이라고도 하는데, 지금의 경기도 양주 지방)을 공격해 왔다. 이때 원술은 지난날의 부끄러움을 씻어 버리려고 전쟁터로 달려갔다. 원술은 죽음을 두려워하지 않고 힘껏 싸워 큰 공을 세웠다. 문무왕은 그의 공을 높이 치하하고 벼슬을 내렸다. 그러나 부모에게 용서 받지 못한 원술은 죽을 때까지 벼슬을 하지 않았다.

아버지 김유신은 세상을 떠날 때까지 나라를 위해 끝까지 싸우지 못한 아들 원술을 용서치 않았다. 아버지가 세상을 떠난 지 2년 뒤, 원술은 다시 전쟁터로 나가 당나라 군에 맞서 용감하게 싸워 큰 승리를 거두었다. 그러나 원술은 과거에 자기가 비겁해 부모를 실망시켰다며 그 책임을 지고 임금이 내린 벼슬도 받지 않았다.

김원술(金元述, 638?~?)은 신라의 화랑이다. 신라의 삼국 통일 영웅 김유신과 그의 조카이자 후처인 지소 부인 사이에서 태어난 아들이다. 중국 당나라 군과 전투에서 떳떳하게 죽지 못하고 비겁하게 살아서 돌아왔다는 이유로 아버지 김유신은 둘째 아들인 그를 내쫓았다. 태백산에 숨어 살던 그는 675년 당나라 군이 매초성이라고도 부르는 매소성을 공격하자 적을 섬멸하고 큰 공을 세웠다. 그러나 어머니 지소 부인도 그를 아들로 받아들이지 않자 세상을 등지고 숨어 살았다.

믿음 편

087

너의 외아들까지
아끼지 않았으니

하느님께서 아브라함을 시험해 보시려고 말씀하셨다.

"너의 아들, 네가 사랑하는 외아들 이사악을 데리고 모리야 땅으로 가거라. 그곳, 내가 너에게 일러 주는 산에서 그를 나에게 번제물로 바쳐라."

아브라함은 아침 일찍 길을 떠났다. 하느님께서 말씀하신 곳에 다다르자 아브라함은 그곳에 제단을 쌓고 장작을 얹어 놓았다. 그러고 나서 아들 이사악을 묶어 제단 장작 위에 올려놓았다. 아브라함이 손을 뻗쳐 칼을 잡고 자기 아들을 죽이려 하였다.

그때 주님의 천사가 하늘에서 말하였다.

"그 아이에게 손대지 마라……. 네가 너의 아들, 너의 외아들까지 나를 위하여 아끼지 않았으니, 네가 하느님을 경외하는 줄을 이제 내가 알았다……. 나는 나 자신을 걸고 맹세한다. 주님의 말씀이다. 네가 이 일을 하였으니, 곧 너의 아들, 너의 외아들까지 아끼지 않았으니, 나는 너에게 한껏 복을 내리고, 네 후손이 하늘의 별처럼, 바닷가의 모래처럼 한껏 번성하게 해 주겠다. 너의 후손은 원수들의 성문을 차지할 것이다. 네가 나에게 순종하였으니, 세상의 모든 민족들이 너의 후손을 통하여 복을 받을 것이다."

《구약성경》〈창세기(創世記)〉 제22장 1-19절이 전하는 가르침이다.

아브라함에게 가장 큰 시험이 닥쳤다. 하느님이 아브라함에게 이사악(이삭)을 번제물로 바치라고 명령한 것이다. 이사악은 아브라함이 나이 100세에 낳은 귀한 아들이다. 이 명령은 아브라함이 장차 하느님이 약속한 백성들의 조상으로서 얼마만큼 순종하는가를 알아보려는 시험이었다. 또한 이것은 장차 아브라함이 이사악을 번제물로 바친 그 모리야 산에서 이루어질 하느님의 외아들 예수 그리스도의 희생적 죽음을 보여 주려고 했던 것이다.

아브라함은 이런 엄청난 하느님의 시험 앞에서 믿음으로 응답해 순종했다. 이렇게 해서 아브라함은 모든 믿는 이들의 조상다운 살아 있는 믿음을 인정받았다.

사전에 '믿음'은 "어떤 사실이나 사람을 믿는 마음. 또는 신앙(信仰)"이라고 풀이되어 있다. '신앙'이란 "믿고 받드는 일. 또는 초자연적인 절대자, 창조자 및 종교 대상에 대한 신자 자신의 태도로서, 두려워하고 경건히 여기며, 자비 · 사랑 · 의뢰심을 갖는 일"이다. 그러므로 '믿음'은 "하느님에 대한 흔들림 없는 신뢰와 의심 없는 복종"을 뜻한다.

〈창세기(創世記)〉는 《구약성경》의 '모세오경' 가운데 첫 번째 책이다. 50장으로 구성되어 있고, 천지창조의 시작, 죄의 기원, 낙원 상실, 이스라엘 족장들의 생애 등이 수록되어 있다.

아브라함(Abraham, 히브리어 : אברהם)은 《구약성경》〈창세기〉에 나오는 이스라엘 민족의 시조이다. 하느님의 부름으로 자기 아들 이사악을 제물로 바칠 만큼 신앙이 두터워, 바오로는 신앙의 아버지로 숭상했다. '아브라함'이라는 이름의 뜻은 "많은 민족의 아버지"이다.

이사악(이삭, Isaac, 히브리어 : יִצְחָק)은 《구약성경》〈창세기〉에 나오는 아브라함의 아들이며, 야곱의 아버지이다. 〈창세기〉에 따르면 아브라함이 100세이고 사라가 90세일 때 이사악을 낳았다고 한다. '이사악'이라는 이름의 뜻은 "웃다" 또는 "미소 짓다"이다.

088

하느님은
어디 있소?

　어느 맑은 날이었다. 새파란 하늘에서는 흰 구름 한 점이 동 동 동 한가롭게 걸어가고 있었다.

　랍비를 찾아온 로마의 이스라엘 점령군 사령관이 목소리를 착 깔고 거만하게 말했다.

　"선생, 당신들은 하느님 이야기만 하고 있는데, 도대체 그 하느님이 어디에 있는지 가르쳐 주시오. 내가 당신네 하느님을 만나서 직접 볼 수만 있다면, 나도 그 하느님을 믿겠소. 도대체 당신네 신 하느님은 어디 있소?"

　랍비는 사령관의 마음을 훤히 들여다보고 있었다. 자기가 허튼 말을 하면 잡아가 감옥에 가두려고 한다는 것을.

　"저를 따라오시지요, 장군."

　"좋소, 갑시다."

사령관을 데리고 밖으로 나간 랍비는 손가락으로 태양을 가리키며 말했다.

"장군, 하늘에 떠 있는 저 태양을 똑바로 쳐다보시오."

"좋소."

태양을 잠깐 쳐다본 사령관이 버럭 소리쳤다.

"이보시오, 선생. 지금 나와 장난하자는 게요? 눈이 부신데 어떻게 태양을 똑바로 쳐다볼 수 있단 말이오!"

그러자 랍비가 차분하게 말했다.

"장군, 장군은 태양도 똑바로 쳐다보지 못합니다. 그런 장군이 어떻게 저 태양을 만드신 위대한 우리 하느님을 만나서 직접 볼 수 있겠습니까?"

《탈무드》에 실려 있는 가르침이다.

"노루 꼬리가 길면 얼마나 길까"라는 우리 속담은 보잘것없는 재주를 지나치게 믿는 것을 비웃는 말이다. 그러나 겸손한 믿음은 엄청난 힘을 발휘한다.

"내가 진실로 너희에게 말한다. 너희가 겨자씨 한 알만한 믿음이라도 있으면, 이 산더러 '여기서 저기로 옮겨 가라' 하더라도 그대로 옮겨 갈 것이다. 너희가 못할 일은 하나도 없을 것이다."

《신약성경》〈마태오복음서〉 제17장 20절이 전하는 예수의 가르침이다.

작은 씨앗 중에서도 작은 겨자씨는 오랜 세월이 흘러도 살아 있다. 믿음도 살아 있는 믿음을 말한다. 살아 있기에 아무리 작은 씨앗에서도 싹이 나고 자라 더 멀리 더 많이 퍼지는 것이다.

하느님을 본 사람은 없다. 그러나 하느님을 믿고 의지한다면, 그분이 내 편이 되시어 함께하신다는 것을 체험할 수 있다. 불가능을 가능하게 만드는 힘, 그 놀라운 힘의 근원은 믿음에서부터 출발한다.

다윗이 골리앗에게 이긴 것도 그런 믿음이, 그런 믿음의 힘이 있었기 때문이다.

089

사랑이
잘 타오르게 하려면

어느 날 청년은 수도원을 찾아가 원장에게 면담을 청했다.

"원장님, 저는 수도자가 되고 싶습니다. 그런데 이해할 수 없는 게 있습니다."

"그게 무엇인가?"

"수도자는 무엇 때문에 세상과 사람들을 떠나 은수(隱修) 생활을 하는 겁니까? 속세에서도 하느님을 사랑하는 일은 가능하지 않습니까?"

수도원장은 아무런 대답 없이 초가 꽂힌 촛대를 가져와, 초에 불을 붙였다.

"여보게, 이걸 들고 날 따라오게. 밖에 나가거든 촛불이 꺼지지 않게 조심하고."

두 사람은 밖으로 나왔다. 바람이 세게 불고 있었다. 한 손으로 촛대를 든 청년은 다른 손으로 촛불이 꺼지지 않게 바람을 막았지만 금세 꺼지고 말았다.

"원장님, 촛불이 제대로 타오르게 하려면 방으로 들어가야 할 것 같습니다. 밖에서는 바람 때문에 촛불이 못 견디니 말입니다."

"여보게, 지금 그 말이 자네가 갖고 있는 의문에 대한 해답일세. 밖에서는 바람에 촛불이 쉬 꺼지는 것처럼, 바람이 수시로 들이닥치는 속세에서는 피어오르는 하느님의 사랑을 간직하기가 쉽지 않다네. 이 사랑이 믿음으로 잘 타오르게 하려면 은수 생활로 보호해야 한다는 말이네."

청년은 그제야 마음이 환해졌다.

그리하여 그는 수도자가 되었고 은수 생활에 정진했다.

청년은 이제 촛불이 꺼지는 건 걱정하지 않았다. 촛불은 자기를 태워야 빛을 낸다는 걸 깨달았기 때문이다. 그래서 그는 깨달음을 실천하면서 자기를 사랑으로 태우고 태워 빛을 냈고, 그 빛을 필요한 사람들에 나누어 주면서, 그 빛으로 하느님에 대한 믿음을 증거했다.

090

약속을
곧바로 지켜

중국 진(秦)나라 효공(孝公) 때 상앙(商鞅)이라는 명재상이 있었다. 그는 위(衛)나라의 공족(公族) 출신으로, 법률에 밝았다. 특히 법치주의(法治主義)를 바탕으로 한 부국강병책(富國强兵策)을 펴 훗날 시황제가 천하를 통일하는데 기틀을 마련한 정치가로 유명했다.

어느 날 상앙이 새 법률을 완성했다. 그런데 어찌 된 일인지 새로 만든 법률을 바로 공포하지 않았다. 백성들이 믿어 줄지 그것을 염려했기 때문이다. 그래서 한 가지 계책을 세웠다. 남문 앞에 3장 (三丈 : 약 9m)이나 되는 나무를 세우고 이렇게 써 붙였다.

이 나무를 북문으로 옮기는 사람에게 십 금(十金)을 주겠다.

그러나 옮기는 사람이 아무도 없었다. 상앙은 다시 써 붙였다.

이 나무를 북문으로 옮기는 사람에게 오십 금(五十金)을 주겠다.

그랬더니 이번에는 옮기는 사람이 있었다. 상앙은 바로 오십 금을 주었다. 약속을 곧바로 지켜 나라가 백성을 속이지 않는다는 것을 알게 했던 것이다.

그리고 나서 만들어 놓은 새 법령을 공포하자 백성들은 나라를 믿고 법을 잘 지켰다.

《사기》〈상군열전(商君列傳)〉에 실려 있는 가르침이다.

"남을 속이지 않은 것을 밝힌다, 약속을 실행한다"는 고사성어가 '이목지신(移木之信)'이다. 위정자가 나무 옮기기로 백성에게 믿음을 주었다는 뜻이다. 이 고사는 위정자가 백성과 맺는 신의(信義)에 관한 것이다.

위정자가 달콤한 말로 백성을 속인다면 누가 나라의 정책을 믿겠는가. 남을 속이지 않고 약속한 것은 꼭 지켜 시행해서, 굳은 믿음을 주었다는 이목지신의 가르침을 되새겨야 한다.

상앙(商鞅, ?~B.C. 338)은 중국 전국시대 진나라의 명재상으로, 제자백가(諸子白家)의 한 사람이다. 별명은 공손앙(公孫鞅), 상군(商君)이다. 위나라의 공족 출신으로, 일찍이 형명학(刑名學)을 공부하고 진나라 효공(孝公)을 섬기며, 법치주의를 바탕으로 부국강병책을 펴서 진나라의 국세(國勢)를 신장시켰다. 그러나 효공이 죽자 그동안 반감이 쌓인 귀족들의 참소(讒訴)로 사형을 당하고 말았다.

091

어떻게
해야 할까요?

외딴 산골에 사는 사내는, 자기가 세상에서 가장 불행한 사람이라고 늘 생각했다.

부모가 일찍 돌아가신 것도, 형제 하나 없는 것도, 때가 지났는데 장가들지 못한 것까지도.

"하느님, 제발……."

사내는 단 한 번만이라도 행복하게 해 달라고 기도했다.

그런 어느 날 밤이었다.

"똑똑똑."

누군가가 문을 두드렸다.

"누구요?"

"저는 '행복의 여신'입니다."

사내는 급히 문을 열었다. 문 앞에는 꿈에서 보았던 그 행복의 여신이 서 있었다.

'아!'

사내는 너무 기뻐 속으로 감사 기도를 드렸다.

'하느님, 제 기도를 들어주셔서 고맙습니다. 제 충실한 믿음에 상을 내려 주셔서 고맙습니다.'

사내는 행복한 마음으로 행복의 여신을 맞아들이려 했다.

그때 행복의 여신이 말했다.

"잠깐만요. 제게는 동생이 있는데 늘 함께 다닌답니다."

행복의 여신이 손짓을 하자 모습을 드러낸 동생을 보고 사내는 깜짝 놀랐다.

'이런 이런. 언니는 이렇게 아름다운데 동생은 어찌 저렇게 못생겼단 말인가!'

이렇게 생각한 사내가 행복의 여신에게 물었다.

"정말 당신 동생 맞소?"

"네, 제 동생 맞습니다. '불행의 여신'이라 해요."

동생을 소개받은 사내는 망설이다 꾀를 냈다.

"우리 집은 좁아 한 분밖에 모실 수가 없소. 그러니 난 행복의 여신만 맞고 싶소."

"그럴 수는 없어요. 동생과 저는 늘 함께 있어야 한답니다. 그렇게 곤란하다면 우린 돌아가겠어요."

행복의 여신이 말하자 사내는,

'제 기도를 들어주신 하느님, 제 충실한 믿음에 상을 내려 주신

하느님, 이를 어떻게 해야 할까요?'
하며 하늘만 쳐다보았다.

믿음에 보답을 원하는 사내, 하느님은 이 사내에게 어떻게 했을까?

092

이대로 약을
지어오너라

송시열(宋時烈)과 허목(許穆)은 조선 제19대 임금인 숙종(肅宗, 1661~1720) 때 이름난 학자이고, 정치가이다.

송시열과 허목은 비슷했다. 그러나 서로 생각이 다르고, 자기가 속해 있는 당이 서로 달라 사이가 아주 나빴다. 송시열과 허목은 그야말로 견원지간(犬猿之間)이었다. 사색당파가 심했던 시절 송시열은 노론(老論)이었고, 허목은 남인(南人)이었기 때문이다. '견원지간'이란 개와 원숭이의 사이라는 뜻으로, 사이가 매우 나쁜 두 관계를 비유적으로 이르는 말이다.

그런 어느 날 송시열이 몹쓸 병에 걸려 다 죽게 되었다. 송시열 집안에서는 좋다는 약을 다 쓰고, 유명하다는 의원을 모두 불러 맥을 짚게 했다. 그러나 송시열의 병은 낫기는커녕 날이 갈수록 더욱 심해지기만 했다.

죽음을 앞둔 송시열은 허목을 떠올렸다. 허목의 의술이 아주 뛰어나다는 것을 잘 알고 있었기 때문에.

'그래, 내 병을 고칠 이는 허목뿐이다. 그런데…….'

송시열은 허목에게 부탁할까 말까 몇 백 번도 더 생각이 왔다 갔다 했다.

'내가 부탁을 하면 들어줄 게야. 비록 정치적 의견은 서로 다르지만 내 목숨을 건질 약방문(藥方文)은 써 줄 것이야.'

송시열은 이렇게 생각을 굳혔다. 그러고 나서 자기 아들을 불러 자기의 아픈 상태를 자세히 말하고 허목에게 가서 약방문을 받아 오라고 했다. '약방문'이란 "약을 짓기 위해 약 이름과 약의 분량을 적은 종이"로, 요즘 처방전과 같다.

아들은 허목에게 가 약방문을 받아오라는 아버지 말에 깜짝 놀랐다.

'다른 사람도 아닌, 원수 사이인 허목에게 약방문을 받아오라니……. 허목이 약방문을 써 준다면 아버님을 죽게 할 약방문일 거야. 그렇지 않으면 안 써 줄 게 뻔해…….'

이런저런 생각을 하느라 아들은 얼른 일어나지 못하고 주저주저했다.

"뭘 꾸물대느냐? 냉큼 갔다 오지 않고."

"아버님, 다시 생각해 보세요."

"그가 나와는 원수로 지내지만 약으로 나를 죽일 그런 옹졸한 사람은 아니다. 그러니 걱정 말고 어서 다녀오너라."

아들은 할 수 없이 허목에게 가서 아버지 병세(病勢)를 자세히 말하고 약방문을 써 달라고 했다. 허목이 두말 않고 약방문을 써 주자 아들은 뜻밖이라 깜짝 놀랐다.

"아니!"

허목에게 받은 약방문을 본 아들은 더욱 깜짝 놀랐다. 약방문에는 비상, 반하, 부자 같은 독약만 잔뜩 적혀 있었기 때문에.

'이 사람이 내 아버님을 죽일 작정이구나. 그렇지 않고서야 어떻게 이런 독약을 먹으라고 한단 말인가!'

이렇게 생각한 아들은 화가 나서 약방문을 찢어 버리려고 했다. 그래도 아버지의 명이라 약방문을 가지고 집으로 돌아왔다.

"아버님, 허목 그 사람 정말 나쁜 사람입니다."

아들은 허목을 욕하며 약방문을 송시열에게 주었다.

송시열은 아무 말 없이 아들이 내놓은 약방문을 들여다보았다.

"이대로 약을 지어 오너라."

"네에?"

"시간이 없다. 어서 다녀오너라!"

아들은 할 수 없이 약방문대로 지어온 약을 달여서 송시열에게 주었다. 송시열은 사발에 담긴 약을 단숨에 마셨다. 아무 의심 없이.

약을 마신 송시열은 깊은 잠에 빠졌다.

깊은 잠에서 깬 송시열은 자리를 툭툭 털고 일어났다.

약들이 서로 섞이면 다른 약의 독기를 없애기도 한다. 죽을병을 고치려면 독한 약을 써야 했다. 그래서 허목은 독약을 약으로 썼던 것이다.

허목과 송시열은 서로 원수였다. 그러나 허목은 송시열의 병을 고치려고 살릴 약방문을 써 주었다. 이런 허목은 옹졸한 사람이 아니라 큰 인물이었다. 또한 원수가 써 준 약방문을 믿고 그대로 약을 지어먹은 송시열도 큰 인물이었다.

송시열(宋時烈, 1607~1689)은 조선 숙종 때의 문신·학자·정치인이다. 아명은 성뢰(聖賚), 자는 영보(英甫), 호는 우암(尤庵)·우재(尤齋)이다. 효종의 장례 때 대왕대비의 복상(服喪) 문제로 남인과 대립하고, 그 뒤에는 노론의 영수(領袖)로서 숙종 15년(1689)에 왕세자 책봉에 반대하다가 사사(賜死)되었다. 저서에 《우암집》, 《송자대전(宋子大全)》 등이 있다.

허목(許穆, 1595~1682)은 조선 숙종 때의 문신·학자·정치인이다. 자는 문보(文甫)·화보(和甫), 호는 미수(眉叟)이다. 당색은 남인으로, 제자백가와 경서 연구에 전념했고, 특히 예학(禮學)에 밝았다. 저서에 《경설(經說)》, 《동사(東事)》 등이 있다.

093

백 번
넘어지면

장 부자가 사는 마을로 들어가려면 고개를 하나 넘어야 한다. 마을 사람들은 그 고개를 '삼 년 고개'라고 불렀다.

왜?

"이 고개에서 넘어지면 삼 년밖에 살지 못한다"는 이야기가 옛날 옛적부터 전해 내려오고 있기 때문에.

그런 어느 날 장 부자가 고개를 넘어오고 있었다. 이웃 마을에 사는 권 첨지의 딸 혼례식에 가서 술이 거나하게 취해 몸을 비틀거리며 기분 좋게 집으로 돌아오는 길이었다.

그런데 고갯마루에 올라 숨을 돌리고 내려가던 장 부자가 발을 헛디뎌 그만 꽈당 넘어지고 말았다. 술을 마셔 알딸딸했던 취기가 싹 가시고 정신이 번쩍 들었다.

"아, 내가 이젠 삼 년밖에 살 수 없단 말인가!"

장 부자는 땅바닥을 탁탁 치며 울었다.

"아이쿠. 억울하다, 억울해!"

그동안 구두쇠 장 부자는 말 그대로 왕 노랑이였다. 이웃에게는 말할 것도 없고 집안 식구에게도 구두쇠였다. 그리고 자신에게까지도 왕 노랑이였다. 자기가 아파도 약 한번 제대로 안 쓰고 끙끙거리며 참았으니까.

그렇게 왕 노랑이짓을 해서 창고에 모아 놓은 재산을 제대로 써 보지도 못하고 죽게 된다니 구두쇠 강부자는 억울하고 또 억울했던 것이다.

삼 년도 이젠 한 달밖에 남지 않았다. 안절부절못하던 장 부자는 그만 자리에 눕고 말았다.

장 부자의 어린 손자 명수는 자리에 누워 끙끙 앓는 할아버지를 보고 무척 안타까웠다.

"어떡하면 할아버지를 도와드릴 수 있을까?"

명수는 삼 년 고개로 올라가서 곰곰이 생각에 잠겼다. 순간 좋은 생각이 떠올랐다.

부리나케 집으로 달려온 명수는 장 부자가 누워 있는 방으로 우당탕탕 뛰어 들어갔다.

명수가 장 부자 귀에 대고 속삭였다.

"할아버지, 이젠 걱정하실 거 하나도 없어요. 삼 년 고개에서 한 번 넘어지면 삼 년밖에 못 산다고 했잖아요. 하지만 백 번 넘어지면 삼백 년을 사실 수 있잖아요. 할아버지 그렇죠?"

"옳지, 우리 명수가 이제야 밥값을 하는구나!"

어린 손자 명수가 한 말에 힘을 얻은 장 부자는 자리를 박차고 벌떡 일어났다. 건강한 사람처럼 삼 년 고개로 후닥닥 달려가 넘어지고 또 넘어졌다. 그래도 안심이 안 된 장 부자는 고갯마루에서 대굴대굴 굴러 내려왔다.

집으로 돌아온 장 부자는 완전히 다른 사람이 되었다.

구두쇠에다가 왕 노랑이인 장 부자, 화만 내서 확 찌그러졌던 그의 얼굴이 활짝 펴져서 웃음꽃이 가득 피었다.

굳게 닫혀 있던 창고 문도 활짝 열렸다. 가족은 물론이고 가난한 이웃 사람들에게도 곡식과 물건들을 고루고루 나눠 주었다.

어린 손자는 할아버지에게 살 수 있다는 믿음을 주었다. 그 믿음은 구두쇠 할아버지 마음까지도 확 바꾸어 놓았다. 이렇게 해서 왕 노랑이 할아버지는 나누는 기쁨의 맛이, 함께하는 행복의 맛이 얼마나 기가 막히는지도 알게 되었다.

094

선물

"통 탁 통 탁 통탁통탁……."

유기 공방에서 장인인 전 노인과 조수인 김 총각이 일을 하고 있었다.

전 노인은 일할 때 쓰는 여러 가지 망치 중에서도, 어느 구석이든 콩콩 두드릴 수 있어 늘 마무리 다듬질 할 때 쓰는 예쁜 코 망치를 사랑했다.

김 총각은 늘 허드렛일을 해서 막일하기에 좋고 어디에 박혔든 쉽게 못을 쑥쑥 뺄 수도 있는 노루발장도리를 사랑했다.

김 총각과 노루발장도리는 어떤 허드렛일에도 불평 한마디 없이 늘 땀에 젖어 있었다. 전 노인은 이런 김 총각을 사랑했고, 이런 노루발장도리도 사랑했다.

어느 날 고을 원님이 전 노인을 찾아왔다.

"전 장인, 임금님 생신이 얼마 남지 않았소. 해서 우리 고을 자랑인 전 장인이 만든 방짜 유기를 선물하기로 했소이다. 그러니 잘 부탁하오."

원님이 공방을 떠나자 망치장에 있던 예쁜 코 망치가 방실방실 웃으며 생각했다.

'와, 임금님께 드릴 그릇을 만든다고? 물론 주인님은 또 나를 쓰시겠지. 그러면 나는 주인님 사랑을 독차지할 테고……'

그러나 전 장인 생각은 달랐다.

'이번 일이야말로 김 총각이 맡아 해야 할 일이야. 작은 허드렛일에도 묵묵히 땀을 흘리며 충실했으니, 이런 큰일을 맡겨도 틀림없을 게야.'

전 노인이 김 총각을 불러 말했다. 앞으로 조수가 아닌 장인으로 대우하고 임금에게 올릴 그릇도 맡기겠다고.

이 말을 들은 전 노인의 예쁜 코 망치는 그만 기가 팍 죽고 말았다.

"에구머니나……."

장인이 된 김 총각은 뛸 듯이 기뻤다. 노루발장도리도.

김 총각은 전 노인의 예쁜 코 망치처럼 마무리 다듬질할 망치가 없어 걱정이었다. 그러나 그런 걱정은 곧 해결되었다. 함께 고생한 노루발장도리가 있었기 때문에.

김 총각은 노루발장도리를 불에 달구고, 담금질하고, 두드리고, 다듬어 자기 예쁜 코 망치로 만들었다.

"으음……."

김 총각의 예쁜 코 망치는 김 총각 손놀림에 따라 전 노인에 버금가는 그릇을 만들었다.

"으음······."

그 그릇을 본 전 노인이 고개를 끄덕였다. 만족했기 때문에.

장인인 전 노인은 조수인 김 총각을 믿고, 김 총각은 전 노인을 믿었다.

김 총각은 노루발장도리를 믿고, 노루발장도리는 김 총각은 믿었다.

그들의 믿음은 명품 그릇을 만들었고, 그 명품은 임금에게 찬란한 아름다움 대신 잔잔한 감동을 선물했다.

지혜 편

095

참사람의
향기

꽃향기는 백 리를 가고[화향백리(花香百里)]
술 향기는 천 리를 가고[주향천리(酒香千里)]
사람 향기는 만 리를 간다[인향만리(人香萬里)].

꽃향기는 바람을 거슬러 가지 못한다. 술 향기도 바람을 거슬러
가지 못한다. 그러나 사람의 향기는 바람을 거슬러 가고, 참사람의
향기는 모든 방향으로 퍼져 간다.

내가 먼저 향기 나는 사람이 되면 좋은 벗을 얻어 인간관계도 좋아진다. 좋은 벗과 인연은 가장 소중하고 오래 가기 때문이다. "옛사람을 찾아가면 옳게 사는 것이요, 옛사람이 찾아오면 옳게 산 것이다"라는 옛말처럼.

이런 사람의 향기는 부(富)가 아니다.

이런 사람의 향기는 지식도 아니다.

이런 사람의 향기는 뿜어 나오는 지혜로운 인품(人品)인 것이다.

사전에 '지혜(智慧, 知慧)'는 "사물의 이치를 빨리 깨닫고 사물을 정확하게 처리하는 정신적 능력"이라고 풀이되어 있다.

096

어떤
미소

어느 날 석가모니가 제자들을 영산[靈山, 영취산(靈鷲山)]에 불러 모았다. 그리고 그들 앞에서 손가락으로 연꽃 한 송이를 집어 들고 말없이 약간 비틀어 보였다.

"스승님이 왜 저러실까?"

"글쎄……."

제자들이 속삭였지만 석가모니가 왜 그러는지 그 뜻을 도무지 알수 없었다. 그러나 가섭(迦葉)만은 그 뜻을 깨닫고 미소를 지었다.

그제야 석가모니가 가섭에게 말했다.

"나에게는 인간이 원래 갖추고 있는 매우 뛰어난 덕과, 번뇌를 벗어나 진리에 도달한 마음과, 불변의 진리와, 진리를 아는 마음과, 불립문자(不立文字) 즉 모든 말이나 경전(글)에 의하지 않고 이심전심(以心傳心)으로 전하는 오묘한 뜻이 있다네. 이것을 그대에게 전해 주겠네."

말을 마친 석가모니는 들고 있던 연꽃을 가섭에게 주며 미소를 지었다.

송나라 스님 보제(普濟)의 《오등회원(五燈會元)》에 실려 있는 가르침이다.

송나라 스님 도언(道彦)이 석가모니 이후 고승들의 법어(法語)를 기록한 《전등록(傳燈錄)》에는 석가모니가 제자 가섭에게 말이나 글이 아니라 '이심전심'으로 불교의 진수(眞髓)를 전했다는 일화가 나온다. '이심전심'이란 석가모니와 가섭이 말이나 글이 아닌 마음으로 마음에 전한다는 뜻으로, 말로 설명할 수 없는 심오한 뜻은 마음으로 깨달을 수밖에 없다는 말이다. 또한 마음과 마음이 통하고, 말을 하지 않아도 의사가 전달된다는 말이다.

'염화시중(拈華示衆)의 미소(微笑)' 또는 '염화미소(拈華微笑)'는 석가모니가 영산(영취산)에서 설법하면서 연꽃 한 송이를 들어 보였을 때, 제자 중에 가섭만이 그 뜻을 깨닫고 미소를 지었다는데서 유래한 말이다. '염화'란 손가락으로 꽃을 집어 든다는 뜻이다.

석가모니가 제자들에게 왜 연꽃을 들어 보였을까?

가섭이 무엇을 깨달았을까?

연은 지저분한 연못 진흙에서 자란다. 그렇지만 그 꽃은 깨끗하고 아름답다. 연꽃 한 송이가 품고 있는 뜻은 지저분하고 어지러운 세상에서 큰 깨달음을 얻어 깨끗하고 아름다운 부처의 경지에 오를 수 있다는 것이다.

가섭은 바로 그 뜻을 깨닫고 미소를 지은 것이다.

가섭(迦葉, ?~?)은 인도의 왕사성 마하바드라의 거부였던 브라만 니그루다칼파의 아들로 태어났다. 비팔라 나무 밑에서 태어나서 '비팔라야나'라고 부르기도 했다. 가섭은 석가모니의 10대 제자의 한 사람으로, 욕심이 적고 족한 줄을 알아 늘 엄격한 계율로 두타(頭陀 : 금욕 22행)를 행하고, 당시 불교 교단의 우두머리로 존경을 받았다. '마하가섭(摩訶迦葉)', '대가섭(大迦葉)'이라고도 하며, 산스크리트어로는 '마하카시아파(Mahākāśyapa)'라고 한다.

097

매미와
반딧불이

분충(糞蟲)은 지예(至穢)하되 변위선(變爲蟬)하여 이음로어추풍 (而飮露於秋風)하며, 부초(腐草)는 무광(無光)하되 화위형(化爲螢)하 여 이요채어하월(而耀采於夏月)하나니, 고지결(固知潔)은 상자오출 (常自汚出)하며 명(明)은 매종회생야(每從晦生也)니라.

굼벵이는 몹시 더럽지만 매미로 변해 가을바람에 이슬을 마시 고, 썩은 풀은 빛이 없지만 반딧불이로 변해 여름밤에 환한 빛을 낸다. 이렇게 보면 깨끗함은 늘 더러움에서 나오고 밝음은 늘 어둠 에서 생긴다는 것을 알 수 있다.

《채근담》〈전집(前集)〉에 실려 있는 가르침이다.

왕파리의 애벌레인 꽁지벌레이지만 '굼벵이'라고 해석한 '분충' 은 더러운 벌레라는 뜻이고, '부초'는 썩은 풀이라는 뜻이다. 《예기》〈월령(月令)〉에 "여름철 달빛과 썩은 풀이 변해 반딧불이가 된다"고 했다. 매미와 반딧불이는 더럽고 어두운 데서 애벌레로 산다. 그러나 성충이 된 매미와 반딧불이는 깨끗함과 밝음을 상징한다. 즉 깨끗함과 밝음은 더러움과 어두움에서 시작되는 것이다.

깨끗함과 밝음이 더러움과 어두움에서 시작된다는 것은 불교에서 이상의 상징으로 삼고 있는 연꽃이 더러운 진흙 속에서, 흙탕물에서 자라 고운 꽃을 피우는 것과 같다. 또 우리가 먹는 야채나 쌀 같은 것도 더러운 흙과 거름으로 길러 식탁에 오르는 것과 같다.

세상에서 버림받은 사람들이나 가난한 사람들 중에도 순수하고 귀한 인간성을 가진 사람이 많다. 그들이 늘 그렇게 산다고만 할 수는 없다. 이 세상 모든 것은 모두 인과관계(因果關係)를 가지고 살아가고 있기 때문이다. 그러므로 우리는 아름답게 꾸민 외모에 빠져 내면에 숨겨진 귀중한 본질을 놓치지 말아야 한다. 거짓으로 달콤하게 꾸민 외모에 가려진 추악함도, 내면에 감춰진 추악함도 꿰뚫어 보아야 한다.

098

세 자매를
위해

세 딸을 둔 아버지는 그 마을 제일가는 부자였고, 세 자매는 모두 미인이었다. 그렇지만 세 딸은 저마다 한 가지씩 결점이 있었다. 맏이는 게으름뱅이였고, 둘째는 도벽이 있었으며, 막내는 수다쟁이였다.

그런 어느 날 찾아온 노인이 그 집에 하루를 묵었다. 노인은 세 자매를 유심히 살펴보았다.

다음 날 아침이 되었다.

짐을 챙긴 노인이 집주인에게 인사를 했다.

"덕분에 잘 쉬었다 가오. 내 보아하니 세 자매를 두셨소이다그려. 주인장, 나는 만석골에 사는데, 우리 마을에 건장하고 잘 생긴 총각 셋이 있다오. 총각들은 나이도 그만그만하게 차서 댁의 딸들과 잘 맞을 것 같소. 하여 내 중매를 설까 하는데 어떻소?"

"하지만 제 딸들에게는……."

집주인은 노인의 제안에 몹시 기뻐했다. 그러나 감출 수가 없어 세 딸의 결점을 하나하나 설명해 주었다.

"실은 내 소문을 들어 다 알고 있다오. 하지만 내게 묘안이 있으니 아무 걱정하지 마시오. 그 총각들은 우리 마을에서 부지런하기로 소문이 나 있어 댁의 따님들을 고생시키지는 않을 것이오. 그뿐만 아니라 총각들의 아비는 나를 제 아비처럼 따르니 뒷일일랑은 내가 책임지겠소."

"그렇게만 해 주신다면 그보다 더 큰 기쁨은 없을 것입니다, 어르신."

집주인과 노인이 손을 마주 잡았다.

이렇게 해서 천석골의 세 딸과 만석골의 이씨, 박씨, 김씨 성을 가진 세 총각은 합동으로 혼례를 치렀다.

노인은 생각해 두었던 대로 이 총각의 아버지에게 일러, 게으른 맏딸에게 몸종을 붙여 주었다.

노인은 생각해 두었던 대로 박 총각의 아버지에게 일러, 도벽이 있는 둘째 딸에게 창고 열쇠를 모두 맡기고, 갖고 싶은 것은 무엇이든 갖게 했다.

노인은 생각해 두었던 대로 김 총각의 아버지에게 일러, 막내딸을 아침 일찍 깨우게 했다. 그리고 남의 험담하기를 좋아하는 수다쟁이 막내딸에게 날마다 이렇게 묻게 했다.

"아가, 오늘은 누구를 헐뜯을까?"

그런 어느 날 시집 생활을 궁금하게 여기던 친아버지가 세 자매를 찾아갔다.

"아버지. 저는 서방님에게도 시아버님에게도 간섭받지 않고 또 제가 원하는 대로 게으름을 피울 수 있어 얼마나 좋은지 몰라요."

맏딸이 말하자 친정아버지가 고개를 가로저었다.

"아버지. 저는 서방님에게도 시아버님에게도 간섭받지 않고 또 제가 원하는 대로 모든 것을 가질 수 있어서 얼마나 행복한지 모른답니다."

둘째 딸이 말하자 친정아버지가 고개를 가로저었다.

"아버지. 저는 서방님에게도 간섭받지 않고 또 제가 원하는 대로 수다를 떨 수 있어 좋기는 해요. 하지만 시아버님께서 간섭이 어찌나 심하신 귀찮아 죽겠어요."

시아버지까지 헐뜯는 막내딸을 보고 친정아버지가 고개를 가로저었다.

고개를 떨구고 힘없이 집으로 돌아온 친정아버지는 한숨 속에 1년, 2년, 3년을 지냈다. 그러나 친정아버지는 끈끈한 정 때문에 세 딸을 다시 찾아갔다.

"아니!"

세 딸을 돌아본 친정아버지는 눈이 휘둥그레졌다. 친정아버지는 즉시 노인을 찾아갔다.

노인이 말했다.

"맏따님은 집안일은 물론이고 마을 일이라면 빠지지 않고, 소매를 걷어붙이고 뛰어드는 부지런한 살림꾼이 되었소. 둘째 따님은 그 수완을 선하게 발휘해서 창고 열쇠의 수를 세 배나 늘려 놓았고, 게다가 지난 가뭄 때에는 마을 사람들에게 창고 문을 활짝 열어 주기까지 했소이다그려. 또한 막내따님 입에서는 이제 이야기보따리가 줄줄 쏟아져 나와, 마을 아이들이 막내따님을 이야기 아줌마라 부르면서 졸졸 따라다닌다오."

노인에게 큰절을 세 번 한 친정아버지는 감사와 기쁨의 눈물을 감추지 못했다.

새사람이 된 세 딸을 본 아버지는 노인의 지혜에 감사하며 기쁜 마음으로 큰절을 세 번 했다. 노인에 대한 믿음은 세 딸에 대한 사랑이었다. 세 자매를 위해, 자식을 위해, 가족을 위해 사랑과 믿음으로 정성을 다한 아버지.

조지 허버트는 이런 아버지들을 칭송하며,

"한 사람의 아버지가 백 사람의 선생보다 낫다."

고 했다.

099

못생겨서
죄송합니다

어느 날 로마 황후가 학식이 높고 지혜로운 랍비에 대한 소문을 들었다. 그래서 황후는 그 랍비를 황궁으로 초대했다.

랍비는,

"뚜벅뚜벅……."

걸어와 황후에게 인사를 했다. 그러자 황후는 자리를 내주었다. 그러고 나서 시종이 내온 포도주도 한 잔 따라 주었다.

'어머, 어머나……'

황후가 이리 살펴보고 저리 살펴보아도 랍비는 생각한 것과 너무너무 달랐다. 키가 작고 볼품없는 몸매에다가 얼굴도 너무너무 못생겼기 때문에.

"선생, 선생의 높은 학식과 깊은 지혜는 못생긴 그릇에 담겨 있군요, 호호 호호호……."

황후가 비아냥거렸지만 랍비는 눈 하나 깜짝하지 않고 물었다.

"이거 못생겨서 죄송합니다, 허허허. 그런데 황후 폐하, 황궁에서는 이 포도주를 어디에 담그시는지요?"

"모두가 하는 대로 포도주는 나무통에 담그지요."

황후가 대답하자 랍비는 깜짝 놀란 표정으로 되물었다.

"이런, 세상에. 황후 폐하. 천하를 지배하면서 호령하는 대로마의 고귀한 황제 폐하와 황후 폐하께서 드시는 포도주입니다. 그런데 어찌해서 천한 백성들이 하는 것처럼 보잘것없는 나무통에 담근단 말입니까?"

"그렇다면 무슨 다른 방법이 있단 말이오?"

"있다마다요. 황궁에는 금과 은이 많다고 들었습니다. 그것들은 다 어디에 쓰실 겁니까? 그것들로 금 항아리와 은 항아리를 만들어 거기에 포도주를 담그시면 더 좋고 맛있는 포도주를 품위 있게 드실 수 있습니다."

"아, 그렇군요. 황제 폐하께서 드시는 포도주를 백성들이 하는 것처럼 나무통에 담글 수는 없지요. 역시 선생의 지혜는 보통 사람과 다르군요."

황후는 즉시 금 항아리와 은 항아리를 만들라고 했다. 그러고 나서 거기에다 포도주를 담그라고 명했다.

그러나 금 항아리와 은 항아리에 담근 포도주는 곧 맛이 변해서 마실 수 없게 되고 말았다.

얼마 뒤 이 모든 것을 알게 된 황제가 화를 버럭 냈다.

"이게 어찌 된 일이오?"

"……."

황제가 묻자 신하들은 아무 대답도 못했다. 황후의 눈치만 슬슬 살필 뿐이었다.

"어허, 도대체 누가 금 항아리와 은 항아리에 포도주를 담그게 했는지 말 좀 해 보란 말이오."

그러자 마지못해 황후가 나서서 말했다.

"황제께서 드시는 포도주이옵니다. 그래서 금 항아리와 은 항아리에 포도주를 담그면 폐하의 품위에 어울릴 것 같아서 제가 그렇게 하라고 시켰사옵니다."

"품위라고요? 쯧쯧쯧……. 보세요, 황후. 포도주는 나무통에 담가야 제맛이 나는 것이오. 포도주를 금 항아리와 은 항아리에 담그면 맛이 변한다는 걸 몰랐단 말이오?"

"……."

아무 대답도 못한 황후는 얼굴이 빨개졌다. 포도주처럼.

황제에게 야단맞은 황후는 곧바로 랍비를 불렀다. 그러고 나서 따져 물었다.

"이보시오, 선생. 선생은 학식이 높아서, 금 항아리와 은 항아리에 포도주를 담그면 맛이 변해 마실 수 없게 된다는 걸 알고 있을 테지요?"

"네, 황후 폐하. 알고 있습니다."

"뭐 뭐라? 그런데 어찌해서 나에게는 그렇게 하라고 가르쳐 준

게요?"

화가 난 황후가 버럭 소리를 질렀다. 그러나 랍비는 침착하게 말했다.

"황후 폐하, 나쁜 뜻으로 그런 건 아닙니다. 다만 저는 아주 값지고 귀한 것이라 해도 보잘것없는 그릇에 담아 두는 게 오히려 더 좋을 때가 있다는 사실을 가르쳐 드리고 싶었을 뿐입니다."

"어머, 어머나. 뭐 뭐라……."

《탈무드》에 실려 있는 가르침이다.

귀한 것은 오히려 보잘것없는 그릇에 담겨 있을 때 더더욱 빛이 난다는, 이 세상에는 보잘것없는 존재란 없다는 귀한 가르침이다.

"뚝배기보다 장맛이 좋다"는 우리 속담이 있다. 겉모양은 보잘것없으나 내용은 훨씬 훌륭하다는 말이다. 겉만 보고 속 내용까지 판단한다는 것을 경계하라는 뜻으로 쓰인다. 그러니 사람을 겉만 보고 판단하지 말아야 한다.

100

잔치 음식을
먹은 옷

새파란 하늘에 구름 한 점 없는 어느 맑은 날이었다.

깊은 산속 암자에서 수도하는 노스승이 마을로 내려갔다. 강 부자의 환갑잔치에 초대를 받은 것이다. 오랜 친분은 있지만 강 부자가 구두쇠라 좀 찜찜하기는 했다.

노스승이 잔칫집에 들어가려하자 하인이 막았다.

"뉘시오."

노스승은 자기 신분을 밝혔다.

"못 들어가오."

"난 초대를 받았단 말이오."

"어허, 못 들어간다고 했잖소!"

"난 초대를……."

"이런 옷차림으로는 못 들어간단 말이오!"

"……."

강 부자의 하인은 기어코 노스승을 쫓아냈다. 노스승이 입은 허름한 옷을 보고.

'어허, 이거야말로 "마른하늘에 날벼락"이군.'

노스승은 그 마을에 사는 제자를 찾아갔다. 노스승이 사정을 말하자 제자는 화려하고 멋진 옷을 내주었다. 노스승은 옷을 갈아입고 다시 강 부자네로 갔다.

그러자 아까 들어가지 못하게 막던 하인은 노스승의 얼굴은 보지도 않고 허리를 굽혀 인사했다.

"어서 오십시오. 안으로 드시지요."

"어허, 거참……."

말꼬리를 흐린 노스승이 잔칫집으로 들어갔다.

생각과는 달리 집 안은 화려한 잔치 분위기였다. 차린 음식 또한 푸짐하고 기가 막혔다.

노스승은 방으로 들어가 음식을 차려 놓은 상 앞에 앉았다. 그러고 나서 닭다리를 뜯어 옷에 쓱쓱 문질렀다.

옆에서 그 모습을 본 사람이 눈을 동그랗게 뜨고 물었다.

"이 이런, 세상에. 그 맛있는 닭다리를 잡숫지 않고 왜 옷에 문지르십니까?"

노스승은 다른 닭다리를 또 뜯어 옷에 쓱쓱 문지르면서 대답했다.

"허허허, 이 잔칫집에서는 사람을 초대한 게 아니라 옷을 초대했소이다그려. 그러니 사람 대신에 옷이 음식을 먹어야 하지 않겠소이까?"

"……."

"나무를 보고 숲을 보지 못한다"는 속담이 있다. 부분만 보고 전체는 보지 못하는 근시안적인 행동을 비유적으로 이르는 말이다. 산속에서 주위를 살피면 앞에 있는 나무가 먼저 눈에 들어온다. 이렇게 눈앞에 있는 나무만 보면 나무들로 이루어진 숲을 깨닫지 못한다. 마찬가지로 어떤 일을 할 때 하나하나를 살피는 것도 필요하지만 그보다 전체를 보고 판단하는 능력과 융통성이 더욱더 중요하다.

"옷이 날개라"는 속담이 있다. 이 속담은 옷이 좋으면 사람이 돋보인다는 말이다.

그러나 그 옷 속에서도 보석은 빛난다.

그러니 사람을 겉만 보고 판단하지 말아야 한다.

101

어떻게
됩니까?

떠나려고 하직 인사를 한 자장이 말했다.

"스승님, 몸과 마음 닦기에 좋은 말씀을 내려 주십시오."

공자가 말했다.

"모든 행실의 근본 중에서 참는 것이 으뜸이라네[백행지본 인지위상(百行之本 忍之爲上)]."

자장이 물었다.

"스승님, 참으면 어떻게 됩니까?"

공자가 대답했다.

"천자가 참으면 나라에 해(害)가 없고, 제후가 참으면 나라가 커지고, 관리가 참으면 지위가 높아지고, 형제가 서로 참으면 집이 부하고 귀해지고, 부부가 서로 참으면 집안이 편안해져서 일생을 함께하고, 친구가 서로 참으면 의리나 우정이라는 이름이 더럽혀

지지 않고, 자신이 참으면 근심과 재앙이 없다네."

"스승님, 참지 않으면 어떻게 됩니까?"

"천자가 참지 않으면 나라를 잃고, 제후가 참지 않으면 몸을 잃고, 관리가 참지 않으면 형법에 의해 죽고, 형제가 서로 참지 않으면 헤어져 따로 살고, 부부가 서로 참지 않으면 자식을 고아로 만들고, 친구가 서로 참지 않으면 정과 뜻이 맞지 않아 원수가 되고, 자신이 참지 않으면 근심과 재앙이 떠나지 않는다네."

《명심보감》〈계성 편〉에 실려 있는 공자의 가르침이다.

참으로 좋고도 좋은 말이다. 그러나 참는 것은 참으로 어렵고도 어렵다. 그러니 사람이 아니면 참지 못하고, 참지 못하면 사람이 아니다.

'참을 인(忍)'은 뜻을 나타내는 마음 심[心(=忄 , 㣺) : 마음, 심장]과 음을 나타내는 인(刃 : 칼날, 칼)이 합해져서 이루어진 글자이다. "마음에 꾹 참다"라는 뜻이다.

참을 인(忍) 자는 "칼"이라는 뜻도 가지고 있는 칼날 인(刃 : 칼날, 칼) 자 밑에 마음 심(心) 자가 있다. 이대로 참을 인(忍) 자를 풀이하면 "가슴에 칼날이 얹혀 있다"는 뜻이다. 가만 누워 있는데 시퍼런 칼날이 내 가슴에 놓여 있는 것이다. 까딱 잘못했다간 가슴에 놓인 칼날에 찔리고 만다. 이런 상황에서 누가 와서 짜증나게 한다고 벌떡 일어나 화를 낼 수 없다. 움직여 봤자 자기만 손해이다. 화를 내 봤자 후회할 일이 생길 게 뻔하다. 칼, 칼날이 가슴을 파고들 테니까.

그러니 화가 나도 꼼짝 말고 있어야 한다. 그러니 화가 나면 마음을 평화롭게 다스려 '참고 견뎌야'한다. 이것이 '인내(忍耐)'이다.

인내할 줄 아는 사람은 마음(가슴)에서 자라나는 미움이나 분노나 탐욕 등을 포함한 모든 화의 싹을 칼, 칼날로 삭둑 베어낼 수 있는 능력을 갖게 된다. 그러니 인내할 줄 아는 사람은 화내지 않고, 화내서 후회할 일이 전혀 없다.

이런 능력을 가진 '참을 인', '인내'가 우리 사회에 전염병처럼 널리널리 퍼지면 참 좋겠다.

102

되돌아간
선물

어느 날 석가모니가 탁발을 나갔다. 어느 바라문(婆羅門) 집에 다다라 문 앞에 서 있었다.

바라문(브라만, Brahmin)은 인도 카스트제도 중에서 가장 상층의 계급인데, 그중에서 이 집주인은 콧대가 높기로 이름나 있었다.

그런 집주인이 석가모니를 훑어보더니 냅다 소리쳤다.

"사대육신이 멀쩡한데 일을 해서 먹고 살아야지, 왜 비렁뱅이 노릇을 하는 게야?"

하면서 마구 욕을 퍼부었다.

욕을 먹은 석가모니는 화내는 대신 빙긋 웃었다.

"웃긴 왜 웃어. 내 말이 말 같지 않다는 게야?"

집주인이 삿대질을 하면서 핏대를 올렸다. 그러자 웃음을 그친 석가모니가 물었다.

"여보시오, 당신 집에 손님이 찾아옵니까?"

"손님? 찾아오지. 손님이 아주 많이 찾아오지!"

집주인이 자랑하듯 대답했다.

"그럼 손님들이 찾아올 때 선물도 가져옵니까?"

"선물을 가져오지. 그것도 아주 많이 가져오지!"

"그러시군요."

고개를 끄덕인 석가모니가 집주인에게 다시 물었다.

"손님이 선물을 가져왔는데, 그 선물이 당신 마음에 안 들어 받지 않는다고 칩시다. 그러면 그 선물은 누구 것입니까?"

"누구 거긴. 그야 선물을 가져온 사람 거지."

"그렇습니다. 지금 당신은 나에게 욕을 선물했습니다. 내가 그 선물을 받지 않으면 그 욕은 누구 것입니까?"

"……."

집주인이 욕을 했는데, 석가모니는 웃었다. 이것은 집주인이 선물한 욕을 석가모니가 받지 않은 것이다. 그러니 그 욕이라는 선물은 집주인에게 되돌아간 것이다.

집주인은 그제야 크게 깨달아 자기 잘못을 뉘우치고 석가모니를 극진히 공양했다.

욕은 선물과 같다. 그 선물을 받지 않으면, 그것은 선물한 사람에게 되돌아간다.

상대가 화를 내거나 욕을 해도 내가 그걸 받지 않으면, 삼생(三生)에 걸쳐 이어질 악연이 좋은 인연으로 바뀐다고 했다. 또한 구업(口業)은 몸을 찍는 도끼이며 몸을 베는 칼날이라고 했다. 그러니 늘 정제되고 절제된 말을 지혜롭게 써야 한다.

'삼생'이란 "전생(前生), 현생(現生), 내생(來生)인 과거세, 현재세, 미래세를 통틀어 이르는 말"이다. 또한 '구업'이란 "신업(身業), 구업, 의업(意業)을 아울러 이르는 삼업(三業)의 하나로, 말을 잘못해 짓는 죄업을 이른다. 곧 입으로 지은 죄업인 거짓말, 발림말, 이간하는 말, 악담하는 말 등을 말한다.

103

주머니에
들어 있는 송곳

때는 중국 전국시대 말엽.

진(秦)나라의 공격을 받아 수도 한단까지 포위를 당하자 조(趙)나라 혜문왕(惠文王)은 동생인 재상 평원군(平原君)을 초(楚)나라에 사신으로 보내 구원군을 청하기로 했다.

평원군은 성품이 어질고 선비를 후하게 대우해서 식객(食客)이 많았다.

떠날 준비를 하면서 평원군은 수행원을 뽑았다. 필요한 수행원은 용기 있고 문무(文武)를 겸비한 인물 20명이었다. 그는 자기 집에 머무는 식객 3천여 명 중에서 19명은 쉽게 뽑았다. 그러나 나머지 한 명을 뽑지 못해 고민하고 있었다.

이때 식객 중에 모수(毛遂)가 나서서 말했다.

"나리, 저를 데리고 가 주십시오."

평원군은 기가 턱 막혔다. 자기가 모르는 식객이었기 때문에.

"그대는 내 집에 온 지 얼마나 되었소?"

"삼 년 되었습니다."

"어질고 재능이 뛰어난 선비의 처세는 주머니에 들어 있는 송곳과 같아서 그 끝이 밖으로 나와 남의 눈에 드러나는 법이오. 그런데 난 내 집에 온 지 삼 년이나 되었다는 그대를 모르오. 내가 이름도 모르는 그대는 무슨 능력이 있소?"

평원군이 물었다.

"나리께서 이제까지 저를 주머니 넣어 주시지 않아 그렇게 되었을 뿐입니다. 하지만 이번에 주머니에 넣어 주신다면 송곳 끝뿐만 아니라 송곳 자루까지 다 드러내 보여 드리겠습니다."

모수가 대답했다.

모수의 재치 있는 대답에 평원군은 만족해서 그를 마지막 수행으로 뽑아 초나라로 갔다.

초나라에 사신으로 들어간 평원군은 모수가 뛰어난 언변으로 활약해서 협상에 성공했다. 그 덕분에 국빈 대접을 받고 구원군도 얻었다.

돌아오는 길에 평원군이 생각했다.

'내 다시는 선비들 관상을 안 볼 것이야. 모 선생을 알아보지도 못했으니 말이야. 모 선생이 가진 무기는 단지 세 치 혀뿐이지만 과연 그 힘은 백만 군사보다도 더 강하구나!'

그런 뒤에 평원군은 모수를 자기보다 지위가 높은 손님이라 해서 '상객(上客)'으로 모셨다.

《사기》〈평원군열전(平原君列傳)〉에 실려 있는 가르침이다.

송곳을 주머니에 넣으면 뾰족한 끝 부분이 천을 뚫고 나오는 것은 당연하다. 겉으로 보기에는 송곳 끝 작은 부분만 드러나지만 주머니에는 나머지 부분과 송곳 자루가 있다. 이처럼 훌륭한 능력을 가진 인물은 여럿 중에서도 그 뛰어남이 겉으로 드러난다는 것을 비유한 고사성어가 '낭중지추(囊中之錐)'이다. 주머니에 들어 있는 송곳이라는 뜻으로, 재능이 뛰어난 사람은 숨어 있어도 저절로 사람들에게 알려진다는 말이다.

'모수자천(毛遂自薦)'은 모수가 자기 스스로를 추천한다는 뜻으로, 자기 자신을 믿고 어떤 일에 스스로 나서는 일을 말한다. 모수가 나서서 평원군에게 "나리, 저를 데리고 가 주십시오……"라고 했듯이.

세상을 살아가면서 기회가 주어졌을 때 자신 있게 결정하고 그 일에 최선을 다하면서 풀어나가야 한다. 그러려면 자기가 가지고 있는 숨은 능력을 적극적으로 찾아내서 키우고 올바로 적용해 활용해야 한다. 그러면 보람되고 값지게 살아갈 수 있다.

또한 상대방의 감추어진 진정하고 값진 능력을 올바르게 알아보고 찾아내는 통찰력도 있어야 한다. 그렇게 찾아낸 숨은 인재는 어려운 상황에서 처했을 때 반드시 자기 진가를 드러낸다.

그러니 낭중지추가 되어, 모수자천할 수 있게 최선을 다해야 한다.

104

연꽃과
소금

혼자서 행하고 게으르지 말며

비난과 칭찬에 흔들리지 마라.

소리에 놀라지 않는 사자처럼

그물에 걸리지 않는 바람처럼

진흙에 물들지 않는 연꽃처럼

무소의 뿔처럼 혼자서 가라.

《숫타니파타》에 실려 있는 가르침이다.

혼자서 행한다고 게으르지 말아야 하며,

어떤 비난과 그 어떤 칭찬에도 흔들리지 마라.

숲속의 용맹한 사자처럼,

살아서 쉼 없이 움직이는 시원한 바람처럼,

어떤 상황에서도 오염되지 않는 청초한 연꽃처럼 살아야 한다.

남에게 이끌리지 않고 남을 이끄는 사람, 이런 사람을 어진 이들은 성인으로 안다.

두 개가 만나지 못하듯 무소의 뿔처럼 스스로 진리를 찾으며,

단단하고 곧게 그리고 열심히 정진하라.

외로워도 무소의 뿔처럼 혼자서 가라.

외로움은 자신을 밝히는 일이니.

불가에 널리 암송되고 있는 '문수동자의 게송'도 같은 의미이다.

성 안내는 그 얼굴이 참다운 공양구요

부드러운 말 한마디 미묘한 향이로다

깨끗해 티가 없는 진실한 그 마음이

언제나 한결같은 부처님 마음일세.

《신약성경》〈마태오복음서〉 제5장 13절에 실려 있는 가르침도 같은 의미를 담고 있다.

너희는 세상의 소금이다.

그러나 소금이 제맛을 잃으면

무엇으로 다시 짜게 할 수 있겠느냐?

아무 쓸모가 없으니

밖에 버려져 사람들에게 짓밟힐 따름이다.

《숫타니파타(수타니파타, Sutta Nipāta, 經集)》는 최초로 성립된 불교의 경전이다. 초기 경전이며 시기적으로 상당히 고층에 속한다. 남방불교에서 매우 중요시하는 불경이다.

이 경전은 누구 한 사람의 의지로 쓰인 것은 아니고, 부처의 설법을 부처가 세상을 떠난 뒤에 제자들이 모여 운문 형식으로 모음집을 구성한 이후 전래되어 왔다고 전한다.

팔리어로 '숫타(수타, sutta)'는 "경(經)"이라는 뜻이고, '니파타(nipāta)'는 "모음(集)"이라는 뜻이니, '숫타니파타'는 "부처의 설법(경전)을 모아놓은 것"이라는 뜻이다.

105

물같이 바람같이
일생토록

청산은 나를 보고 말없이 살라 하고

[청산혜요아이무어(靑山兮要我以無語)]

창공은 나를 보고 티 없이 살라 하네

[창공혜요아이무구(蒼空兮要我以無垢)]

사랑도 벗어 놓고 미움도 벗어 놓고

[요무애이무증혜(聊無愛而無憎兮)]

물같이 바람같이 살다가 가라 하네

[여수여풍이종아(如水如豊而終我)].

청산은 나를 보고 말없이 살라 하고

[청산혜요아이무어(靑山兮要我以無語)]

창공은 나를 보고 티 없이 살라 하네

[창공혜요아이무구(蒼空兮要我以無垢)]

성냄도 벗어 놓고 탐욕도 벗어 놓고

[요무노이무석혜(聊無怒而無惜兮)]

물같이 바람같이 살다가 가라 하네

[여수여풍이종아(如水如豊而終我)].

선시 〈청산은 나를 보고(靑山兮要我)〉가 전하는 나옹 선사(懶翁禪師)의 가르침이다.

이 시는 제목이 별도로 전해지지 않고, 저자도 나옹 선사가 아닌 중국 당나라 한산(寒山) 스님이라는 설이 있지만 자세한 것은 알려져 있지 않다.

주님은 나의 목자, 나는 아쉬울 것 없어라.

푸른 풀밭에 나를 쉬게 하시고 잔잔한 물가로 나를 이끄시어

내 영혼에 생기를 돋우어 주시고 바른길로 나를 끌어 주시니 당신의 이름 때문이어라.

제가 비록 어둠의 골짜기를 간다 하여도 재앙을 두려워하지 않으리니 당신께서 저와 함께 계시기 때문입니다.

당신의 막대와 지팡이가 저에게 위안을 줍니다.

당신께서 저의 원수들 앞에서 저에게 상을 차려 주시고 제 머리에 향유를 발라 주시니 저의 술잔도 가득합니다.

저의 한평생 모든 날에 호의와 자애만이 저를 따르리니 저는 일

생토록 주님의 집에 사오리다.

《구약성경》〈시편〉 제23편 1-6절이 전하는 가르침이다.

사랑도, 미움도, 성냄도, 탐욕도 벗어 놓고 물같이 바람같이 살다 가서 일생토록 주님의 집에서 산다면, 이보다 더한 자유가 어디 있을까, 이보다 더한 행복이 어디 있을까.

나옹 선사(懶翁禪師, 1320~1376)는 고려 말기의 승려이다. 속성은 아(牙), 속명은 원혜(元惠), 호는 나옹·강월헌(江月軒), 법명은 혜근(惠勤, 慧勤)이다. 1339년에 출가했다. 중국 원(元)나라에 가서 인도의 승려 지공(指空)에게 배우고 귀국해 공민왕의 왕사(王師)가 되었다. 보우(普愚)와 더불어 고려 말 선종의 대가로, 이후의 불교 발전에 큰 영향을 끼쳤다. 조선 태조 이성계의 왕사 무학 대사가 그의 제자이다.

감사 편

106

마음먹기에
따라

기쁘게 기도하고 감사(感謝)하는 사람은 행복하다.

《신약성경》〈테살로니카 신자들에게 보낸 첫째 서간〉 제5장 16-18절에,

"언제나 기뻐하십시오. 끊임없이 기도하십시오. 모든 일에 감사하십시오. 이것이 그리스도 예수님 안에서 살아가는 여러분에게 바라시는 하느님의 뜻입니다."
라고 했다.

영어 'Thank(감사하다)'와 'Think(생각하다)'는 어간이 같다는 공통점이 있다.

감사한 생각으로 세상을 보자. 그러면 세상에는 감사한 것들로

가득 차 있어 행복하다. 그러나 그 반대라면 세상에는 불평과 부정이 가득 차 있어 불행하다.

영국의 저술가 콜린 윌슨이,

"구름이 태양을 가리면 우울해지고, 길을 가다 돌부리에 걸려 넘어지면 재수가 없다고 생각한다. 그러면서 태양이 구름에 가려 있지 않을 때는 아무 관심을 갖지 않고, 길거리에서 넘어지지 않아도 기쁘고 감사해야 할 일이 아니라고 생각한다."

라고 한 말처럼.

프랑스 철학자 알랭은,

"지금 자기가 행복하다고 생각하지 않는 사람은 온 세상을 차지해도 불행하다."

라고 했다.

지금 어려움에 처해 있다면 자기가 행복하다고 생각하기는 힘들다. 그러나,

"한쪽 다리가 없다면 다른 쪽 다리가 아직 남아 있는 것을 감사하라. 양쪽 다리가 모두 없다면 아직 두 팔이 남아 있는 것을 감사하라."

하는 《탈무드》의 가르침처럼,

"다리가 부러졌다면 목이 부러지지 않은 것을 감사하라."

하는 웨일스 속담처럼.

이렇게 생각하며 산다면 감사할 수 있고, 지금 자기가 겪는 어렵고 힘든 불행도 행복으로 바뀐다.

　세상을 살다 보면 운이 나쁠 때도 있고 좋을 때도 있다. 어떤 상황에서도 자기가 마음먹기에 따라 얼마든지 바뀔 수 있다. 그러니 기쁘게 기도하고 감사하는 사람이 되자. 늘 행복하게.

　사전에 '감사'는 "고마움을 나타내는 인사. 또는 고맙게 여김, 그런 마음"이라고 풀이되어 있다.

　우리 속담에 "개 눈에는 똥만 보인다"고 했다. 그러나 무학 대사는 "부처 눈에는 부처만 보인다"고 했다.

　그래서 감사하면 행복하다.

107

녹아 없어진
씨앗

옛날에 악마가 사람 사는 세상으로 와서 창고를 지었다. 노르웨이 어느 으슥한 곳에.

그 악마는 지은 창고에 각종 씨앗을 저장했다. 미움과 배신, 슬픔과 눈물, 절망 같은 씨앗들을.

악마는 다니면서 이 마을 저 마을에 이 씨앗들을 뿌렸다. 그 어느 마을, 그 어느 누구에게 씨앗을 뿌려도 그 사람들 마음속에서 새록새록 싹을 잘 틔웠다.

사람들 마음속에서 자란 싹은 무럭무럭 잘 자랐다. 그러면서 사람들은 서로 미워하면서 배신했다. 욕을 하며 치고박고 싸우면서 슬퍼하고 눈물을 흘렸다.

"허허 허허허……."

이런 모습을 보면서 악마는 즐거웠다.

그런 어느 날이었다.

'어라!'

한 마을에 와서 씨앗을 뿌리고 지켜보던 악마가 고개를 갸우뚱했다. 이 마을에서만은 사람들 마음속에서 씨앗이 싹을 틔우지 못했던 것이다.

'여긴 왜 이럴까?'

이 마을 이름은 '기쁨'이었다.

이 마을 사람들은 어떤 슬픈 상황이 닥쳐도, 어떤 절망적인 상황에 처해서도 늘 기뻐하며 감사했다. 그래서 악마가 뿌린 씨앗은 이 마을 사람들 마음속에서 싹을 틔우지 못하고 스르르 녹아 없어지고 말았던 것이다.

노르웨이 전설이다. 이 전설에서 "감사하는 마음에는 악마도 나쁜 씨앗을 뿌릴 수 없다"는 속담이 나왔다고 한다.

기쁨으로 버무린 감사의 힘, 그 힘은 악마도 이길 만큼 세다.

108

자선과
축복

어느 마을에 큰 농장과 과수원을 가진 부자가 살고 있었다. 이 부자는 다른 부자와는 달리 인심이 좋고 마음도 비단결이었다. 그리고 온 가족과 함께 하느님을 아주 열심히 섬겼다. 그래서 어려운 사람을 보면 늘 기쁜 마음으로 도와주었다.

해마다 추수가 끝난 늦가을이 되면 랍비들이 부자를 찾아왔다. 그러면 부자는 늘 많은 자선금을 랍비들에게 주었다.

"어르신, 언제나 이렇게 도와주시니 고맙습니다."

"고맙다니요. 이 자선금은 하느님께서 제게 해마다 풍년을 허락하시어 얻은 걸 선생님들께 돌려드리는 것뿐입니다. 그러니 선생님들도 이 돈으로 좋은 일 많이 하시고 하느님 축복 많이 받으세요."

"네, 고마운 자선금 좋은 일에 잘 쓰겠습니다. 어르신도 하느님 축복을 많이 받으십시오."

그다음 해 여름이었다.

엄청나게 쏟아진 폭우 때문에 강물이 점점 불어나 둑이 터지고 말았다. 엄청나게 밀려든 강물은 부자의 농장을 순식간에 집어삼켰다. 그래서 부자는 농장에서 곡식 한 톨 거둘 수 없게 되었다. 과수원의 과일나무들도 뿌리째 뽑혀 거둘 과일도 없었다. 폭우 뒤에는 전염병이 무섭게 돌아 기르던 소와 말, 양과 닭들도 다 병들어 죽고 말았다.

이렇게 되자 부자에게 농사 자금을 빌려주었던 사람들이 한꺼번에 몰려와, 부자의 재산을 모두 빼앗아 갔다. 그리고 아이들과 부인은 노예로 끌고 갔다.

이제 부자에게 남은 것은 자기 몸 하나뿐이었다. 그러나 부자는 절망하지 않았다. 오히려 태연했다.

"내 모든 재산은 하느님께서 주셨던 거야. 그리고 이제 다시 거두어 가셨으니 어쩔 수 없는 일이지."

날이 가고 달이 가서 추수는 하지도 못하고 늦가을이 되었다. 그해에도 전처럼 랍비들이 부자를 찾아왔다. 랍비들은 고래등 같은 집 대신, 다 쓰러져 가는 오두막에서 나오는 부자의 초라한 모습을 보고 깜짝 놀랐다. 부자는 그동안 있었던 일을 랍비들에게 모두 이야기했다.

"하느님도 무심하시지……."

부자가 한 이야기를 듣고 랍비들은 모두 안타까워했다.

'이를 어쩐담. 사정이 어려워진 이 어르신에게 자선금을 달라고

할 수는 없고······.'

저마다 이렇게 생각한 랍비들은 그냥 돌아가기로 마음먹었다.

바로 그때였다.

"선생님들, 잠시만 기다려 주십시오."

가난하게 된 부자는 창고에 깊숙이 있어서 사람들에게 빼앗기지 않은 것들을 한 아름 들고 나왔다. 금으로 만든 그릇과 촛대, 향그릇까지.

"이걸 나누어 가져가세요. 선생님들, 이걸 가져가 팔아서 저보다 더 가난한 사람들을 돕는 데 써 주세요."

랍비들은 뜻밖의 선물을 받고 어쩔 줄을 몰라 했다. 기쁘기도 했지만 미안하기도 해서.

랍비들이 돌아가자 부자는 곡괭이를 어깨에 메고 쑥대밭이 된 농장 한쪽 구석에 만든 밭으로 나갔다. 가난해진 부자는 땀을 뻘뻘 흘리며 힘든 일을 했지만 한 번도 하느님을 원망하지 않았다.

부자는 뒷걸음질 치면서 밭에 고랑을 팠다. 한 고랑, 두 고랑, 세 고랑······. 그러다가 부자는 무엇인가에 걸려 뒤로 발라당 나자빠졌다. 부자는 일어나 흙을 탁탁 털고 아픈 엉덩이를 쓱쓱 문지르면서 자세히 살폈다. 무척 커 보이는 상자가 밭에 묻혀 있었다. 부자는 툭 튀어나온 상자 모서리에 걸려 넘어졌던 것이다.

부자는 곡괭이로 주변에 있는 흙을 파 상자를 꺼냈다. 커다란 상자 뚜껑을 연 부자가 깜짝 놀랐다. 상자에는 보석이 가득 들어 있었기 때문에.

"둑이 터져 강물이 밀려들었을 때 잃어버렸던 보석 상자이구나. 아 아, 하느님. 고맙습니다, 하느님. 저에게 축복을 내려 주신 하느님은 찬미 받으소서."

부자는 부리나케 달려가 보석을 팔았다. 그러고 나서 가장 빠른 말을 사서 부리나케 달려가 그리운 아내와 아이들을 데려왔다. 흩어져 있던 가족이 다 모이자 부자는 무척 기뻤다.

"아, 하느님. 고맙습니다, 하느님. 저에게 축복을 내려 주신 하느님은 찬미 받으소서……."

추수가 끝난 늦가을이었다.

랍비들은 저마다 도움이 될 만한 물건들을 챙겨 들고 부자를 찾아왔다. 랍비들은 작년에 갔던 다 쓰러져 가는 오두막으로 가서 부자를 찾았다. 그러나 부자는 오두막에 없었다.

한 이웃 사람이 랍비들에게 물었다.

"어르신을 찾아오셨나요?"

"네, 그렇습니다. 혹시 어르신께서 돌아가셨나요?"

"아닙니다. 어르신은 다시 부자가 되셨습니다. 그래서 저기 보이는 농장과 과수원을 다시 만드셨지요. 어르신들은 저기 언덕마루에 보이는 집에 살고 계신답니다."

이웃 사람이 가리키는 쪽을 본 랍비들은 입이 쩍 벌어졌다. 농장과 과수원은 엄청나게 컸고, 집 또한 그랬기 때문에.

랍비들은 부자의 집으로 갔다.

"선생님들, 어서 오십시오. 기다리고 있었습니다."

더 큰 부자가 된 부자가 랍비들을 반갑게 맞았다. 그리고 그동안 있었던 일들을 차근차근 이야기해 주었다.

"자선을 많이 한 어르신에게 하느님께서 큰 사랑과 큰 축복을 내리신 겁니다, 허허허……."

"하느님께 감사할 뿐이지요, 허허허……."

《탈무드》에 실려 있는 가르침이다.

보답을 바라지 않고 남을 돕기 위해 베푸는 것은 곧 자기 자신에게 베푸는 것이다. 남에게 베풀면 나한테 그만큼 돌아오는 것이다. 그래서 자선을 많이 한 부자에게 하느님이 큰 사랑과 큰 축복을 내린 것이다.

많은 사람들은 자선금을 잃어버린 돈으로 생각한다. 그러나 사심 없는 마음으로 베풀면, 베푼 만큼 자기에게 돌아온다. 반드시.

가장 작은 빵에
담긴 비밀

어느 해 독일에 극심한 흉년이 들어 많은 사람들이 굶주렸다.

그때 어느 지방 어느 마을 광장에 아이들이 긴 줄을 만들고 서서 누군가를 기다리고 있었다. 그 아이들이 기다리는 그 누구는 노부부였다. 흉년이 들자 그 마을 끝자락에 사는 돈 많은 노부부가 매일매일 만든 빵을 광주리에 담아 마차에 싣고 와 아이들에게 나누어 주기 때문에.

노부부는 마차에서 빵이 가득 담긴 광주리들 내려놓고 말했다.

"애들아, 빵은 한 사람이 하나씩 가져가야 한다, 알았지?"

"네!"

노부부는 매일매일 똑같이 물었고, 아이들은 매일매일 똑같이 입을 모아 대답했다.

대답은 했지만 하루, 이틀, 사흘이 지나면서 아이들은 꾀가 생겼다. 서로 조금이라도 더 큰 빵을 차지하려고 난리를 피웠던 것이다. 그러나 그중 한 여자아이는 달랐다.

그 여자아이는 늘 맨 끝에 서서 차례를 기다렸다. 그래서 그 여자아이는 늘 가장 작은 빵을 가져갔다.

아이들은 저마다 더 큰 빵을 차지하려고 정신이 팔려, 빵을 나누어 준 노부부에게 감사하다는 인사도 하지 않았다. 그러나 그 여자아이는 가장 작은 빵을 가져가면서도 늘 잊지 않고 깍듯하게 인사했다.

"할아버지, 할머니. 맛있는 빵을 주셔서 감사합니다."

그런 어느 날이었다.

그날도 그 여자아이는 맨 끝에 서서 기다리다가 가장 작은 빵을 가져가면서도 잊지 않고 노부부에게,

"할아버지, 할머니. 맛있는 빵을 주셔서 감사합니다."

하고 진심 어린 마음으로 인사했다.

그런데 다른 날과 다른 것은 여자아이가 가져가는 작은 빵이 다른 날보다 유난히도 작다는 것이다.

'오늘 빵은 왜 이렇게 작을까?'

여자아이는 고개를 갸우뚱했지만 이내 씽긋 웃고 감사한 마음으로 집으로 돌아갔다.

집에 온 여자아이는 다른 날처럼 동생과 탁자에 마주 앉았다.

"어머!"

감사 기도를 하고 동생과 나누어 먹으려고 빵을 쪼갠 여자아이

가 깜짝 놀랐다.

"누나, 왜 그래?"

"빵 속에 뭐가 있어."

빵 속에는 종이에 싼 금화 한 닢이 들어 있었다. 금화를 싼 종이에는 이렇게 쓰여 있었다.

이 금화는 너처럼 작은 것에도 잊지 않고 감사하는 아이에게 주려고 우리가 마련한 선물이란다. 필요한데 귀하게 쓰면 좋겠구나.

감사는 전염병이다.

여자아이는 노부부가 나눠 준 빵으로 동생과 배고픔을 덜어서 진심 어린 마음으로 감사했고, 노부부는 그런 감사가 감사해서 금화를 선물 했으니까.

이런 전염병이 널리널리 퍼지면 참 좋겠다.

110

보잘것없는
작은 일에도

감사의 마음을 "고맙습니다"라고 주위 사람에게 전하십시오. 그렇게 하면 감사를 전하는 사람도, 감사를 받는 사람도 마음이 풍요로워집니다. 감사하다는 말 자체가 에너지이기 때문입니다. 감사의 표시는 사람들에게 기쁨의 에너지를 전해 줍니다. 이것은 파동이어서 주위로 전파됩니다. 즉 감사하는 마음은 제3자에게까지 전파되고 또 전파되어 더욱더 넓어지는 에너지입니다.

인도의 음유시인이며 명상가 인드라 초한(Indra Chauhan)이 전하는 가르침이다.

우리는 상대에게 "미안합니다" 하며 어떤 일을 부탁하고, 그 일이 끝난 뒤에는 반드시 "수고했습니다", "고맙습니다" 하면서 감사를 표해야 한다.

　우리 속담에 "말 한마디에 천 냥 빚도 갚는다"고 했다. 말만 잘하면 어려운 일이나 불가능해 보이는 일도 해결할 수 있다는 말이다. 그러므로 아무리 보잘것없는 작은 일에도 기쁜 마음으로 감사해야 한다.

　"감사의 마음은 얼굴을 아름답게 만드는 훌륭한 끝손질이다"라는 T. 파커의 말처럼, 아름다운 마음을 담아 '감사하다'고 인사하자. 아무리 작은 일에도 기쁜 마음을 담아 활짝 웃으며 '감사하다'고 인사하자.

　누가 이런 사람을 누가 싫어할까?

　서로가 이렇게 감사의 인사를 한다면 서로 믿음이 굳어져 좋은 관계를 오래오래 유지할 것이다.

　이것이 우리가 살아가면서 감사해야 할 이유이다.

111

꼭 그렇게
할게요

랍비가 몸과 마음을 닦으며 여행을 하고 있었다.

그동안 랍비는 책과 씨름하고 연구하면서, 학생들을 가르치고 제자를 키우는 일에만 전념했다. 그러던 중에 수행을 하면서 더 큰 깨달음을 얻어야겠다고 마음을 굳게굳게 다져 먹고 여행길에 오른 것이다.

"가자……."

떠날 채비를 마친 랍비가 중얼거리면서 집을 나섰다.

살고 있던 도시를 벗어난 랍비는 들판을 지나서 강을 건너고 산을 넘었다.

어느덧 랍비는 뜨거운 햇살이 쨍쨍 내리꽂히고, 모래바람이 잉잉대는 사막을 지나게 되었다. 랍비는 터벅터벅 걸었다. 하루, 이틀, 사흘……. 엿새가 지나도록 걷고 또 걸었다. 그러나 사막의 끝은 보이지 않았다.

"꼬르륵 꼬르르륵……."

랍비 배에서 배꼽시계가 요란하게 울렸다. 그러나 가득했던 음식은 벌써 다 먹고 가방은 텅 비어 있었다. 가득 찼던 물병도 텅 비어 있었다.

'아, 힘들다. 다리도 아프고, 목도 마르고, 배도 고프다……. 어디 샘물이 없을까? 시원한 나무 그늘에 누워 푹 쉬면 참 좋을 텐데……. 수행을 마치려면 아직 멀었는데, 혹시 이러다가 힘이 빠져 죽을지도 몰라!'

랍비는 겁이 덜컥 났다. 벌떡 일어나 있는 힘을 다해 터벅터벅 걸어갔다.

그러면서도 랍비는 기도하는 것을 잊지 않았다.

"하느님은 저를 이끌어 주시는 분, 이 미천한 종을 시원한 그늘과 맑은 샘터로 이끌어 주소서……."

얼마쯤 더 걸어갔을까.

"어, 저게 뭐지?"

랍비가 중얼거렸다.

온통 모래로 뒤덮여 있는데 저 멀리서 무엇인가가 푸른 색깔로 어른거렸던 것이다.

랍비 눈이 쓰윽 커졌다.

랍비는 헐레벌떡 그곳으로 달려갔다.

"와! 하느님, 감사합니다……."

열매를 주렁주렁 달고 있는 푸른 나무들, 그 나무 그늘에서 샘물이 퐁퐁퐁 솟아나고 있었다.

오아시스를 본 랍비는 입도 쩍 벌어졌다.

랍비는 맑은 샘물을 벌컥벌컥 마시고, 나무에서 과일을 따 우적우적 맛있게 먹었다. 그러고 나서 시원한 푸른 나무 그늘에 풀썩 쓰러졌다.

"이런 사막 한가운데 푸른 나무를 심어 자라게 하시어 시원한 그늘을 만들게 하신 하느님, 맑은 샘물을 퐁퐁퐁 솟게 하신 하느님. 감사하고 또 감사합니다……."

랍비는 스르르르 꿈나라로 빠져들어 갔다.

잠에서 깨어난 랍비는 무릎을 꿇고 하느님에게 감사 기도를 드렸다. 그런 다음 과일을 따 가방에 가득 넣고, 맑은 샘물을 퍼 물병에 가득 담았다.

저벅저벅 힘차게 걷다 갑자기 걸음을 멈춘 랍비가 뒤돌아서서 소리쳤다.

"맛있는 열매와 시원한 그늘을 만들어 준 푸른 나무들아, 고맙다. 맑은 물을 만들어 준 샘물아, 너도 참 고맙구나. 푸른 나무들아, 샘물아. 너희는 하느님께서 사막에 내려 주신 귀중한 선물이다. 그러니 푸른 나무들아, 너희는 건강하게 계속 자라고 자라거라. 그래야 맛있는 열매를 더욱 많이 맺고, 시원한 그늘은 쑥쑥쑥 더욱더 넓어질 테니. 샘물아, 너도 맑은 물을 계속 퐁퐁퐁 더욱더 솟아나게 하거라. 그래야 물이 썩지 않을 테니. 그래서 나 같은 사람이 오면 힘을 주거라, 알았지? 나는 너희가 그렇게 되기를 하느님께 매일매일 기도할 거야. 그럼, 안녕. 잘 있거라!"
하고.

《탈무드》에 실려 있는 가르침이다.

"이런 사막 한가운데 푸른 나무를 심어 자라게 하시어 시원한 그늘을 만들게 하신 하느님, 맑은 샘물을 퐁퐁퐁 솟게 하신 하느님. 감사하고 또 감사합니다……."
라고 감사 기도를 올린 랍비는 감사 인사도 잊지 않았다.

"맛있는 열매와 시원한 그늘을 만들어 준 푸른 나무들아, 고맙다. 맑은 물을 만들어 준 샘물아, 너도 참 고맙구나……. 너희는 하느님께서 사막에 내려 주신 귀중한 선물이다. 그러니…… 나 같은 사람이 오면 힘을 주거라, 알았지? 나는 너희가 그렇게 되기를 하느님께 매일매일 기도할 거야. 그럼, 안녕. 잘 있거라!"
하고.

바로 그때 바람 한 줄기가,

　"오소소 오소소소……."

불어왔다.

　그 바람에 푸른 나뭇가지들이 술렁거리고, 샘물이 일렁거렸다. 모두
고개를 끄덕이며 입을 모아 랍비에게 소리쳤다.

　"네, 안녕히 가세요. 꼭 그렇게 할게요."

라고.

마음을 움직이는
인성 이야기 (비가지)

지은이 | 박민호
발행처 | 도서출판 평단
발행인 | 최석두

신고번호 | 제2015-000132호
신고연월일 | 1988년 07월 06일

초판 1쇄 인쇄 | 2016년 08월 19일
초판 1쇄 발행 | 2016년 08월 26일

우편번호 | 10594
주소 | 경기도 고양시 덕양구 통일로 140(동산동 376) 삼송테크노밸리 A동 351호
전화번호 | (02)325-8144(代)
팩스번호 | (02)325-8143
이메일 | pyongdan@daum.net

ISBN 978-89-7343-445-9 03810

값 · 14,000원

이 도서의 국립중앙도서관 출판시 도서목록(CIP)은 서지정보유통지원시스템 홈페이지(http://seoji.nl.go.kr)와
국가자료 공동목록시스템(http://www.nl.go.kr/kolisnet)에서이용하실 수 있습니다. (CIP제어번호:CIP2016018577)